타오르는 마음

**Coeur Brûle et autres romances**
by J.M.G. Le Clézio

Copyright ⓒ Editions Gallimard, 2000
Korean Translation Copyright ⓒ MUNHAKDONGNE Publishing Corp., 2004
All Rights Reserved.

This Korean edition is published by arrangement with Editions Gallimard
through Sibylle Books Literary Agency, Seoul.

이 책의 한국어판 저작권은 시빌 에이전시를 통해
프랑스 갈리마르 사와 독점 계약한 (주)문학동네에 있습니다.
저작권법에 의해 한국 내에서 보호를 받는 저작물이므로
무단 전재 및 무단 복제를 금합니다.

국립중앙도서관 출판시도서목록(CIP)

타오르는 마음 / 르 클레지오 지음 ; 최수철 옮김.
— 파주 : 문학동네, 2004
  p. ;   cm
원서명: Coeur brûle et autres romances
원저자명: Le Clézio, Jean-Marie Gustave
ISBN 89-8281-798-0 03860 : ₩8500
863-KDC4
843.914-DDC21           CIP2004000339

# 타오르는 마음

J.M.G. Le Clézio

르 클레지오 소설
최수철 옮김

Coeur Brûle

et

autres

romances

**문학동네**

차례

타오르는 마음　7

모험을 찾아서　85

호텔 솔리튀드　99

세 명의 여자 모험가　107

칼리마　119

남풍　135

보물　153

옮긴이의 말　193

# 타오르는 마음
## Coeur Brûlé

산이 불타면

모두 알게 되지만

이 마음이 타오를 땐

누가 알아줄까?

1

 그녀가 보고 싶었던 것, 그것은 페르방슈, 오직 1982년 여름에 찍은 사진에서와 같은 페르방슈의 모습뿐이었다. 그 사진에서 페르방슈는 세 살 남짓한 나이로, 이제 막 여자애 티가 나고 있으며, 짧은 흰색 바지와 노란 카나리아 트위티가 그려져 있는 티셔츠를 입고 있다. 그 뒤로는 튈리팡 거리에 있는 집과 잡초들이 자라고 있는 정원의 한쪽 귀퉁이가 보인다. 사진 속에는 한 떼의 아이들, 피나라고 불리던 맏딸 조세피나, 얼굴이 몹시 창백하고 병색이 짙은 로살바 라 구에라, 클레멘티나, 어린 마이라, 양치기 베토, 그리고 카를로스도 있다. 사람들이 카를로스 퀸토라고 부르던 그 아이는 다른 아이들보다 약간 앞쪽에 서 있는데, 셔츠 앞이 벌어져서 배가 드러나 있고 여자처럼 머리를 길게 기르고 있다. 그가 홍역을 심하게 앓을 때 그의 어머니가 병이 낫기를 빌며 머리를 기르기로 맹세했던 탓이다. 고아인 샤벨라도 분명 그곳에 있었다. 그러나 그녀는 언제나 아이들이 떼로 몰려 있기 마련인 사진에 얼굴을 내미는 것을 싫어했다. 항상 야생마처럼 뛰어다니던 그녀의 얼굴은 연기에 검게 그을려 있었고, 짧고 곱슬곱슬한 머리카락은 자잘한 지푸라기들과 뒤섞인 채 머리 위에서 제멋대로 뻗쳐 있었다. 또한 그곳과 이웃한 시멘트로 지어진 작은 집 안에는, 피나의 어머니가 있었는데, 어딘지 기력이 없어 보이는 그 아름다운 여인은 손톱을 칠하는 일로 소일했으며, 그 곁에서는 마치 도사처럼 보이는 피나의 할아버지가 찌그러진 냄비를 숟가락으로 두드리며 꿀벌들을 불러모으곤 했다.

클레망스는 그 시절이 좀더 지속되었으면 싶었다. 사진 속에서, 페르방슈는 그녀에게 몸을 바싹 붙인 채, 언니의 손을 찾는 듯이 통통하게 살찐 작은 팔을 뒤쪽으로 들어올리고 있다. 아주 동그란 얼굴 위에는 수줍어하는 미소가 어려 있는데, 그 미소는 울음을 터뜨리기 직전의 찡그린 표정과 흡사하다. 페르방슈는 아직 말을 잘 할 줄 몰라서, 목이 마를 때는 "아부아"라고 하고, 사탕을 먹고 싶을 때는 "두세"라고 말하곤 했다. 클레망스는 오랜 시간이 흐른 뒤에도 그 사진을 몸에서 떼어놓은 적이 한 번도 없었다. 보르도에서 학교에 다니던 때에, 그녀는 법률학교의 자기 방 벽에 그 사진을 스카치테이프로 붙여놓았었다. 그 사진이야말로 페르방슈의 진짜 모습을, 세월이 흐르면서 변모한 그녀의 실제 모습보다 더 진실한 모습을 담고 있었다. 사진은 햇빛을 받아서 흐릿해지고 뻣뻣해졌다. 그 사진은 냉장고에서 벽난로 위로, 그리고 재판소에 있는 그녀의 사무실로 옮겨졌는데, 사무실 안에서는 연필꽂이에 받쳐지거나 서류함에 기대어 약간 비스듬하게 세워져 있었다.

   그러나 한 번도, 정말 '한 번도' 그녀는 그 사진을 액자에 끼우려 하지 않았다. 사진 속의 티셔츠는 누렇게 바랬고 흰 벽은 벗겨진 것처럼 보였으며 잡초들은 시들어버렸다. 그러나 카를로스 퀸토는 여전히 새카만 피부에, 지바로처럼 어깨 위로 머리카락을 늘어뜨리고 있다. 클레망스는 사진을 볼 때마다 지금도 거리의 열기를, 먼지 쌓인 땅바닥을 달구는 정오의 태양을 느낄 수 있다. 조금 더 멀리, 스쿠비 두의 집이 있는 모퉁이를 지나면 이동식 수도가 있었고, 그곳에서는 여자들이 냄비 혹은 손잡이 대신 나무 막대가 달린, 다 쓰고 난 기름통으로 만든 양동이에 물을 채우기 위해 줄을 지어 기다리며 서 있었다. 클레망스는 물을 받으러 갈 때 페르방슈를 데리고 다녔다. 페르방슈는 수도꼭지 주위에서 붕

붕거리는 말벌들을 무서워했다. 아이들은 학교가 파한 오후, 같은 시각에 그곳에서 다시 만났다. 로살바와 피나, 그리고 학교에 가지 않는 베토와 샤벨라도 보였다. 물은 가는 줄기로 흘러내렸지만, 그래도 맑고 깨끗했다. 처음에 엘렌은 우물물로 음식을 만들었다. 그러나 그 물을 먹고 모두 허리가 몹시 아팠던데다가, 에두아르가 농부들이 땅에 온통 살충제를 뿌렸기 때문에 우물이 오염되었다고 말했다. 수도꼭지에서 흘러나오는 물은 차가웠다. 마을 반대편에 있는 화산 기슭의 샘으로부터 오는 것이었다. 자주 물은 흐름을 멈추었다. 사람들 말로는, 수로 건너편에 사는 신(新)시가의 부자들이 정원에 가지고 있는 수영장 때문에 샘이 마르는 거라고 했다. 그 신시가들은 레수레시온, 파라이소, 엔수에노\*와 같이 약속을 지키지 않는 이름들로 불렸다. 마을 고지대의 적지 않은 지역에서 물이 부족했고, 산 파블로 구역에서는 수도꼭지 앞에 1킬로미터는 족히 되는 줄이 늘어서서 여자들이 양동이를 채우기 위해 몇 시간이고 기다리고 있었다.

아이들에게는 그 일이 힘든 노동인 것만은 아니었다. 그곳에는 언제나 장난과 웃음과 외침이 있었다. 서로 물을 뿌리기도 했고, 그 바람에 양동이가 넘어지기도 했다. 베토는 안장이 삐걱거리는

---

\* 각기 '부활' '낙원' '환상' 이라는 뜻의 에스파냐어.

흙투성이의 낡은 자전거를 타고 왔다가, 물이 가득 찬 통들을 짐 받이에 싣거나 차체에 매달고서 돌아갔다. 냄비에 물을 받으러 가기 전에, 클레망스는 페르방슈를 데리고 거리 끝의 오래된 집 마당에 쇠사슬로 묶여 있는 거미원숭이를 보러갔다. 그 집에는 아무도 살지 않았고 단지 그 크고 검은 원숭이만이 있었는데, 털이 곤두서고 성질이 사납고 꼴이 형편없는 그 원숭이는 매번 흉하게 상을 찡그리며 누런 송곳니를 드러내고서 당장이라도 덤벼들려는 시늉을 하곤 했다. 페르방슈는 클레망스에게 바싹 매달리며 얼굴을 감추었다가, 용기를 내어 살짝 내다보았고, 곧 그들은 깔깔거리며 달아나곤 했다. 그 모든 일들이 이제는 너무 멀게 느껴지면서도, 동시에 너무도 생생했다. 클레망스는 한 번도 그 시절을 잊은 적이 없었고, 마치 정지된 꿈인 것처럼 수시로 그 속으로 빠져들곤 했다.

이제 클레망스는 밤에 잠들 수가 없었다. 페르방슈가 떠난 뒤로 평온한 밤을 보낼 수가 없었다. 그녀는 매일 새벽 세시나 네시경에 짧지만 끈질긴 초인종 소리에 깨어나 심장이 쿵쿵거리고 땀에 흠뻑 젖은 채 침대에 일어나 앉았다. 폴은 가볍게 코를 골며 구석 쪽의 자기 자리에서 세상 모르고 자고 있었다.

그 무렵 클레망스는 모든 것을 물리쳐버렸다. 고집스럽게, 비밀스런 계획을 실천에 옮기는 사람처럼, 그녀는 학업상의 교류와

친구들과의 저녁 모임을 피했다. 폴은 언제 그녀가 사무실 소파에서 잠을 자기로 결정했는지 알지 못했다. 그녀는 더이상 사랑을 나누지 않기 위해, 마음속의 상처를 망각하게 하고 가라앉게 하는 사랑의 감정을 멀리하기 위해, 소리를 지르거나 질책을 하는 일 없이, 무뚝뚝한 얼굴과 무심한 표정으로 혼자 지냈다.

페르방슈가 떠난 그해 여름은 무척 더웠다. 길에서 아스팔트가 녹아내렸고, 소관목들은 화분 속에서 말라가고 있었다. 낮은 하늘은, 거의 움직이지 않아서 납처럼 무거워 보이는 잿빛 바다와 한데 섞이고 있었다. 저녁이 되면, 그 모든 것은 감미로우면서도 어딘가 불온해 보이는 은은한 장밋빛 색조를 띠었다. 클레망스는 마치 하늘과 바다의 열기와 색조가 페르방슈의 가출에 결정적인 역할을 했고, 그것들이 페르방슈를 비참과 파멸로 이끌기라도 한 듯이, 그 무렵의 나날들을 선명하게 기억하고 있다. 답답하고 질식시킬 듯한 그 공기와 물이 페르방슈 안으로 스며들어 그녀를 저 아래로 끌고 가버린 것이다.

모든 일은 찌는 듯이 덥던 그해 여름에, 엘렌이 칸에 정착하여 앙티브 거리의 가구 딸린 아파트에서 새 애인 장 뤽과 함께 살기 시작했을 무렵에 일어났다. 그곳에는 머리카락이 붉어서 빨강머리라고 불리던 한심한 불량배가 있었는데, 진짜 이름은 로랑이었다. 그리고 스테른이라는 자도 있었는데, 자칭 사진작가였으며 머릿속이 텅 빈 어린 여자들을 상대하는 아마추어였다. 바로 빨강머리 로랑과 스테른이 페르방슈를 덫에 걸리게 한 것이다. 클레망스는 그렇게 믿고 싶었다. 그러나 마음속으로 그녀는 불행이란 훨씬 복잡한 것이어서 훨씬 더 먼 곳에서부터 오는 것이라는 사실을 알고 있었다.

그 무렵에는 밤이 오면 세상이 달라졌다. 어두워지기 시작하면, 아이들은 몸에 열이 나고 마음이 초조해졌다. 마치 축제 준비가 한창인 것 같았다. 9월과 10월, 11월의 아름다운 날이면 특히 그러했다. 공기는 부드럽고 신선했으며, 울타리 위에는 둥근잎나팔꽃이 피어 있고 여린 풀잎에는 반짝이는 벌레들이 매달려 있었다. 두꺼비들이 도랑에서 울고 있었다. 튈리판 거리에서 아이들은 부서진 나무 바구니와 나뭇가지들로 불을 피웠다. 성냥갑이 이 손에서 저 손으로 돌아다녔다. 마이라 같은 꼬맹이들도 죽은 가지들과 마른 이파리와 종이를 불 속으로 던졌다. 불티들이 빙글빙글 돌면서 하늘로 올라갔다. 카를로스 퀸토는 소리를 질러댔고, 머리카락을 풀어헤친 채 붉은 빛이 어른거리는 얼굴로 벽돌담을 따라 내달렸다. 그는 어린 야만인의 모습이었다.

그런 뒤에 그들은 놀이를 시작했다. 클레망스는 잊지 않았다. 거리는 그들의 것이었다. 여자아이들은 서로 손을 잡고서, 도로를 온통 가로막고 발맞추어 앞으로 나아가며 노래를 불렀다. 아모, 아토, 마타릴레릴레로*!

거리의 반대쪽 끝에서는 남자아이들이 한데 모여 몇몇 여자아이들과 함께 한 무리를 이루었는데, 베토, 에리베르토, 엘 고르도, 파스토라가 그 속에 들어 있었다. 샤벨라는 여자아이들 편에 끼는 것을 좋아하지 않았다. 그녀는 사내아이들 편에 끼어, 항상 약간 뒤로 처진 채 몸을 앞으로 굽히고 두 팔을 펼쳐서 거미원숭이처럼 사나운 모습을 취하곤 했다. 그들은 맞은편에서 들려오는 노래에 목이 터져라 큰 소리로 답을 했다. 아모, 아토, 마타릴레릴레로! 여자아이들이 앞으로 나섰다. 너희들은 무엇을 좋아하니? 마타릴레릴레로! 남자아이들이 질세라 응수했다. 우리는 달콤한 과자를 좋아하지, 마타릴레릴레로! 여자아이들이 좀더 앞으로 나서며 소리쳤다. 좀 나눠줄 수 없겠니? 마타릴레릴레로! 우리에게 뽀뽀를 해준다면! 마타릴레릴레로! 여자아이들이 멈춰 섰다. 어림없는 소리! 마타릴레릴레로! 그러고는 반 바퀴를 돌고 각기 길 끝의 자기 자리로 돌아갔다가, 다른 무리를 만들어서 놀이를 다시 시작했다.

어른들은 집 앞에 앉아서 그들을 지켜보았고, 다시금 어두운

---

\* 멕시코 어린이들이 놀 때 부르는 노래의 후렴구.

거리에서는 외치는 소리가 울려퍼졌다. 누군가를 부르는 듯 아이들이 맑은 목소리로 있는 힘껏 지르는 소리였다. 아모, 아토, 마타 릴레릴레로!

매일 저녁 열한시까지, 때로는 자정까지 놀이가 반복되었다. 여자아이들은 하루 종일 오직 어두운 밤과 거리에서의 놀이와 타오르는 불꽃과 외침과 웃음에 대해서만 생각했다. 낮시간에 거리는 아나우악 협동단지까지 왔다 가는 트럭들의 차지였다. 오후에 태양이 땅을 뜨겁게 달굴 때면, 술꾼들은 맥주 가게 앞에 앉아서 술을 마시다가, 아카시아나 화염목 그늘 아래 누워서 잠이 들었다. 소음이 일었고, 구름 먼지가 피어올랐다. 한 떼의 노새들이 카파쿠아로 인디언들의 채찍질을 받으며 고산지대에서 내려왔고, 잡아맨 끈에 입술이 벗겨진 노새들이 목재들을 제재소 쪽으로 끌고 가고 있었다. 그 뒤에서는 푸른색 숄로 몸을 감싼 인디언 노파들이 아보카도와 망고, 나무처럼 단단한 작은 배들을 들고서 따라가고 있었다. 개들조차 오후의 열기에 기진맥진해 평소와 달랐다. 개들은 누르스름했고 굶주렸으며 사나웠다. 그 개들은 수로를 따라 나 있는 파라슈티스트 동네로부터 왔다. 스쿠비 두도 집에서 빠져나와 그들을 따라다녔다. 하지만 자주 개들은 자기들끼리 뭉쳐 스쿠비 두를 따돌렸고, 때로는 침투성이 송곳니를 드러내어 쫓아버리곤 했다.

타오르는 마음 17

클레망스는 튈리판 거리에 대해 생각할 때면, 갑작스레 법원의 자기 사무실에서 멀리 나와 있는 듯이 느끼곤 했다. 그녀는 자기 자신의 몸에서 벗어나서, 자기가 바로 그곳, 그녀도 페르방슈도 결코 떠난 적이 없었음이 분명한, 커다란 정원과도 흡사한 어떤 행성에 와 있는 것을 발견하곤 하는 것이다.

밤이 오면, 튈리판 거리는 아이들 세상이었다. 자동차와 트럭은 더이상 다니지 않았다. 어른들은 뒤로 물러나서, 문 앞 계단에 거의 아무 말 없이, 아마도 추억을 되새기는 듯이 멍하니 앉아 있었다. 아이들은 가능한 한 빨리 거리로 나가기 위해 재빨리 자기 몫의 갓 구운 빵을 먹어치우고 우유 한 잔을 마셨다.

클레망스는 무척 빨리 배웠다. 처음에 그녀는 페르방슈를 엘렌과 시가를 피우는 에두아르 페린과 함께 집에 있게 했다. 페르방슈는 불을 무서워했고, 아이들이 지르는 소리에 놀라 엄마의 다리에 매달리곤 했기 때문이었다.

그러던 어느 날 저녁, 자세히 기억나지는 않지만 페르방슈가 자기의 작은 손을 클레망스의 손 안에 넣었고, 두 사람은 목이 터져라 노래를 부르는 여자아이들과 함께 거리를 걸었다. 양치기 베토는 클레망스를 사랑했다. 그는 불이 피워진 곳까지 그녀와 함께 갔다. 베토는 기구를 만드는 데에 타고난 재주가 있었다. 그는 종이를 씹어 솥 밑바닥에 붙여서 말렸고, 중유에 적신 대팻밥과 실뭉치를 채운, 통조림 깡통으로 만든 조롱을 기구에 매달았다. 그가 불을 붙이면, 기구는 잘려진 사람의 목처럼 조롱의 불꽃으로 어두운 하늘을 밝히며 높이 날아올랐다. 그러나 그는 축제를 맞듯이 어쩌다가 한 번씩만 밤에 기구를 날렸다. 준비하는 데 시간이 오래 걸렸던데다가, 기구가 매번 성공적으로 날아오른 것도 아니었다. 더욱이 사람들로부터 금지를 당했다. 어느 날 밤, 기구 하나가 산 파블로 구역의 한 집 위로 떨어졌고, 하마터면 지붕이 타버릴 뻔했던 것이다. 그러나 그 기구, 밤하늘로 아스라이 날아오르는 그 별은 너무도 아름다웠다. 클레망스는 기구가 튈리판 거리 위에서 빛나는 것을 보는 동안 심장이 점점 더 강하게 뛰던 것을 느끼고, 동생의 손이 자신의 손을 꼭 쥐던 것 또한 느낀다.


2


프로방스의 그해 여름은 무척 더워서, 가히 살인적인 더위라 할 만했다. 7월경에, 페르방슈는 떠났다. 그녀는 대학입학자격시험에 응시조차 하지 않았다. 하기야 그래봐야 무슨 소용이 있었겠는가. 그녀는 전혀 준비를 하지 않았고, 자기가 합격하지 못하리라는 것을 스스로 알고 있었다. 일 년 내내, 그녀는 특히 '빨강

머리' 로랑과 어울리며 선술집과 나이트 클럽과 파티장을 찾아다 녔고, 때로는 그저 거리를 싸돌아다니곤 했다. 그녀는 맥주를 마셨고, 담배를 피웠다. 어느 날 오후, 그녀는 야산 자락에 있는 버려진 차고에서 로랑을 만났다. 로랑이 셔터를 올렸고, 그들은 안으로 들어갔다. 더러운 기름 냄새가 났고, 짚이나 풀이 썩는 듯한 심한 악취가 코를 찔렀다. 그들은 바닥에 얇은 이불을 깔고 그 위에서 사랑을 나눴다.

골목길에는 한 무리의 사람들이 페탕크\* 놀이를 하고 있었다. 페르방슈가 지나가자 그들은 비웃는 듯한 표정으로 바라보았다. 놀리고 있는 게 분명했지만, 그녀에게는 상관없는 일이었다. 로랑은 그들과 싸우려는 마음으로 주먹을 쥐고서 으르렁거렸다. "저놈들이 가지고 노는 쇠공으로 놈들 아가리를 부숴버리겠어." 그러나 사람들은 젊은 수탉이 화가 난 모습을 보며 점점 더 재미있어했다.

페르방슈는 옷도 벗지 않고, 바닥에 이불을 깔기는 했어도 벽돌 부스러기에 등이 심하게 긁히면서 사랑을 나눴다. 자신의 가슴 위에서 로랑의 심장이 뛰는 것을 느끼는 것이 무척 좋았다. 그의 땀이 천천히 어깨 위로 흘러내리면, 그녀는 입술로 그의 침과

---

\* 쇠로 된 공을 교대로 굴리면서 표적을 맞히는 프랑스 남부지방의 놀이.

함께 그 땀을 핥아마셨다. 그녀는 자기 속에서 섹스에 대한 열망이 점점 커져가는 것을 느끼고 있었다. 실로 황홀한 순간이었다. 고등학교에서 보내는 지루한 시간과 엄마와의 끝없는 말다툼, 장뤽의 적의에 찬 눈길, 언니 클레망스에게서 느껴지는 무언의 경멸감, 그 모든 것을 잊을 수 있었다. 어느 날 언니가 말했다. "넌 말이야, 평생 동안 아무것도 이루지 못할 거야. 네가 할 수 있는 거라곤 속옷 갈아입듯이 애인을 바꾸는 것 뿐이야." 페르방슈는 생각했다. 누구든 과연 살아 생전에 정말로 뭔가를 이룰 수 있기는 한 걸까?

그녀가 스테른을 알게 된 것은 7월이었다. 로랑은 그런 방면과는 전혀 상관이 없었다. 신문에 실린 광고문을 보고서 전화를 건 것은 그녀였다. 어쩌면 단짝 친구를 통해 그를 알게 된 건지도 모른다. 스테른은 패션 사진이나 광고 사진을 찍기 위해 항상 새로운 젊은 여자를 찾는 데 열을 올리고 있었다. 그가 하는 일에는 어딘가 석연치 않은 데가 있었다. 그는 중심가에 있는 큰 카페 이층의 제법 넓은 사무실에 세들어 있었다. 그 사무실은 전에는 화가들이 썼는데, 사람들이 하는 말에 따르면 니콜라 스탈도 거기서 작업을 했다고 했다. 그곳은 온통 흰색 젤라틴으로 칠해져 있고, 커다란 유리창을 롤 블라인드로 가려서, 한여름에도 낯설고 서늘하고 심지어 슬프기까지 한 빛이 스며들고 있는 넓은 방이었다.

처음 그곳을 방문하던 날, 페르방슈는 로랑에게 같이 가달라고 부탁했다. 그녀는 겨우 열여섯 살이었기에 남자친구와 함께 가면 좀더 나이가 들어 보일 것이라고 생각했다. 스테른이 그녀와 이야기를 하면서 수첩에 뭔가 메모를 하는 동안, 로랑은 내내 안락의자에 앉아 있었다. 스테른은 키가 크고 약간 무기력해 보이는 삼십대 남자였는데, 머리는 금발이었고 근시 안경 너머의 동그스름한 눈은 푸른빛이었다. 페르방슈에게 그는 그저 나이든 남자였고 그녀, 거리에서 음흉한 눈으로 그녀를 바라보는 부류, 그녀가 피하는 부류의 사람들과는 전혀 다른 사람이었다. 스테른이 반말을 했지만 그녀는 "네"라고 대답할 수밖에 없었고, "선생님"이라는 말 외에 다른 적당한 호칭을 찾을 수 없었다. 아틀리에의 저쪽 구석에서, 로랑은 무료해하는 기색으로 패션 잡지를 뒤적거리고 있었다. 그는 페르방슈 쪽으로 눈길을 돌려볼 생각도 전혀 하지 않고 담배를 피우고 있었다.

곧 스테른은 페르방슈를 목욕탕으로 들어가게 했다. 목욕탕이라고 해봤자 아틀리에 한쪽 구석을 칸막이로 막아놓은 것에 불과했는데, 안에는 거울과 수세식 변기가 있었다. 그는 사진을 찍기 위해 수영복들을 건네주었다. 페르방슈는 키가 크고 몸집도 당당했다. 이미 묵직한 가슴과 커다란 엉덩이를 지니고 있어서 그것만으로도 실제보다 더 나이가 들어 보였다. 열여덟 살이라고 말했을 때, 스테른은 그 말에 아무런 토도 달지 않았다. 수영복들은 너무 작아서 몸에 꽉 끼었다. 그녀는 그중에서 표범 무늬의 원피스 수영복을 골랐다. 욕실에서 나왔을 때, 스테른은 얼굴이 약간 밝아져서 말했다. "좋아, 아주 좋아, 옆으로 조금만 돌아서봐." 그는 뒤로 물러섰고, 그녀는 제자리에서 한 바퀴 돌았다. 페르방슈는 샌들을 다시 신었다. 그녀는 자기가 잘 모르는 곳에 맨발로 가는 것이 항상 두려웠다. 너무 작은 수영복을 입고 있는 자기 모습이 우스꽝스럽게 여겨졌다. 엉덩이가 조이고 가슴이 두드러져 보였으며, 이미 아랫배가 약간 동그스름해져 있었다. 그녀는 스테른이 자기 배를 보고서 임신했다는 사실을 알아채리라 예상하고 있었다. 수영복은 그녀의 어깨를 드러냈는데, 그 위에는 브래지어의 끈이 붉은 자국을 남기고 있었다. 페르방슈의 살갗은 자국이 잘 남았다. 그녀가 어렸을 때, 클레망스는 손바닥으로 그녀의 엉덩이를 눌렀다가, 손가락 자국이 살갗에 장밋빛 꽃잎처럼 그려져 있는 것을 바라보며 재미있어하곤 했다.

기다리는 동안 스테른은 자못 흥분해 있었다. 그는 페르방슈의 주위를 돌며 몸을 약간 앞으로 숙이고서 카메라의 셔터를 눌렀다. 기름낀 머리카락 한 타래가 흘러내려 얼굴을 가릴 때마다 그는 신경질적으로 머리카락을 뒤로 쓸어넘겼다. 카메라의 셔터는 둔탁한 진동음에서 곧 칼을 내려치는 듯한 건조한 단절음으로 이어지며 공격적이고 기묘한 두 박자의 소리를 만들어냈다. 찰칵! 찰칵! 로랑은 그 소리를 듣고서 고개를 들었다. 그러나 그는 여전히 소파에 파묻힌 채 잡지를 읽는 일에 빠져 있었다. 페르방슈에게는 운동화를 신고 있는 그의 긴 두 다리와 자욱이 피어오른 담배연기만이 보일 뿐이었다. 이제 곧 끝나리라고 생각했지만, 스테른은 계속해서 그녀에게 말했다. "아니야, 좋지 않아, 이건 전혀 아니야." 그는 카메라를 든 채 왼손으로 수영복을 잡아내리고, 약간 뒤로 물러서서 둘째손가락을 빨더니, 젖꼭지가 솟아오르게 하려고 손가락 끝으로 그녀의 가슴 한가운데를 축축하게 적셨다. 그는 몇 번 더 셔터를 누른 뒤에 말했다. "너하고는 차라리 누드 사진을 찍는 게 낫겠어. 네 몸매로는 패션 사진은 무리야." 이윽고 그는 사진 찍는 일을 끝내고서 천천히 필름을 감았고, 페르방슈는 좁은 욕실로 가서 옷을 갈아입었다. 그녀는 화장지로 가슴을 닦아냈다. 밖으로 나왔을 때, 스테른은 다시 근엄한 표정을 짓고 있었다. 그는 더이상 페르방슈를 쳐다보려고도 하지 않았고, 그녀의 손을 쥐며 짧게 미소를 지어 보일 뿐이었다. "현상을 해서 어떻게 나왔는지 본 후에 전화하마." 전화가 없다고 말하자, 스테른은 명함을 주었다. "그럼 다음주에 네가 전화를 해라." 로랑은 이미 밖으로 나가 있었다. 그는 지루함을 견디지 못하는 듯 하품을 하며 기지개를 켰다. 그는 스테른을 쳐다보지도 않았다. "어땠어, 잘된 거야?" 페르방슈는 어깨를 으쓱해 보였다. "기분 나쁜 작자야. 내 가슴을 찍었어." 로랑은 개의치 않는 듯이 보였다. "그런데 기다리라고만 하고는 돈은 한 푼도 주지 않더군." 페르방슈는 자신이 더할 나위 없이 어처구니없는 상황에 처해 있다는 느낌을 받았다. 그녀는 갑작스레 고독감에 휩싸이는 것을 느꼈다.

뭐라 말하기 어려운 우울함, 약간 느리게 이어지는, 그러나 저항할 수 없는 불쾌감이 찾아들었다. 로랑은 매트리스 위에 가로 엎드린 채 늦게까지 자리에서 뒹굴고 있었다. 날씨는 덥고 흐렸다. 페르방슈는 바깥에서 자동차들이 멈추지 않고 큰길을 달리며 내는 소리를 듣고 있었다. 마치 한 대의 차가 원을 그리며 돌고 있는 것처럼 항상 같은 소리였다.

저 사람들은 모두 어디로 가고 있는 걸까? 겉창의 벌어진 틈 사이로, 페르방슈는 자동차들의 차체에서 반사된 빛이 천장에 어리는 것을 보았다. 그곳은 그녀의 작은 영화관이었다. 붉고 푸르고 희끄무레한 얼룩들이 거꾸로 달리고 있었다. 그녀는 그 자동차들 속에 타고 있는 사람들을, 아주 작고 약간 투명하고 태아처럼 조그만 손과 발과 포동포동한 얼굴을 가진 사람들을 상상해보려 했다.

페르방슈는 로랑이나 다른 아무에게도 말을 하지 않았다. 그

일은 오직 그녀하고만 상관 있는 일이었다. 어쨌거나 그녀는 임신진단 시약을 사기 위해 약국에 갔다. 어떻게 이런 일이 벌어졌는지 잘 알 수 없었다. 기말시험을 치르던 6월의 어느 날 밤이 어렴풋하게 기억날 뿐이었다. 그 무렵에는 아직 엘렌, 장 뤽과 함께 살고 있었다. 그녀는 로랑과 취하도록 술을 마셨고, 그의 차 안에서 마리화나를 몇 대 피웠으며, 함께 차고로 갔다. 그것이 전부였다. 언제 월경이 없다는 사실을 깨달았는지도 더이상 기억나지 않았다. 그녀는 그 모든 일, 살아가는 동안 일어나는 자잘한 일들을 아주 쉽게 잊어버렸다. 때로는 음식을 먹거나 화장실에 가는 것도 잊어버리곤 했다. 그리고 그런 자잘한 일들은 전혀 예상하지 못하고 있을 때에 급작스럽게 고통을 동반하며 찾아들었다. 어느 날 아침 잠에서 깨었을 때, 심장이 뛰고, 구역질이 올라오고, 바로 그곳, 배꼽 바로 위 배의 한가운데서 뭔가가 분명히 감지되었다.

의심할 여지가 없었으나, 그녀는 의사를 찾아가보기로 마음을 정했다. 그녀는 가능한 한 멀리, 버스로 사십오 분가량 거리의 교외에 있는 산부인과를 택했다. 갈색 머리의 키가 큰 여자가 그녀를 맞았는데, 그는 훨씬 더 나이가 든 뒤의 클레망스를 떠올리게 했고 판사처럼 몰인정해 보였다. 의사는 검진을 끝낸 후 장갑을 벗고서 책상 뒤로 돌아가 앉았다. "성인인가요?" 그녀가 그렇게 물었는데, 질문이라기보다는 확인절차처럼 여겨졌다. 페르방슈는 고개를 끄덕였다. "결정을 내린 건가요?" 의사는 종이 위에 어떤 병원의 주소와 전화번호를 휘갈겨썼다. 그러고는 다음 장에 약품들의 이름을 적었다. "이건 또다른 병을 위한 거예요." 페르방슈가 영문을 모르는 표정으로 바라보자, 그녀가 무뚝뚝하게 말했다. "칸디다 질염*입니다. 하루빨리 치료를 받는 게 좋을 거예요."

도시에 여름이 찾아왔다. 더위가 기승을 부려서 아스팔트를 녹이고 화분 속의 소관목들을 말라죽게 했다. 그 무렵에 페르방슈는 어머니의 집을 아주 떠나버렸다. 말다툼 같은 것은 전혀 없었다. 단지 견디기 힘든 무력감이 느껴졌을 뿐이었다. 클레망스는 보르도에서 법률학교를 마치고 발령을 기다리고 있었다. 엘렌은 집에서 지내며 구시가에 있는 상점의 천장을 칠하고 있었다. 그녀는 그림을 복원하는 일을 하기도 했다. 장 뤽 살바토르는 인근의 어딘가에 도자기 제조소를 짓고자 했다. 여하튼 그들은 가나고비에 있는 로로 할머니의 오래된 집으로 이사하기로 이미 마음을 정한 터였다. 페르방슈는 가나고비로 따라갈 마음이 전혀 없었다. 그들이 사는 곳에서는 테레빈유의 냄새가 코를 찔러서, 예

---

* 칸디다 알비칸스라는 곰팡이균이 질이나 외음부에 번식하여 생기는 질염. 가장 흔한 형태의 질염이다.

술가라기보다는 자동차 정비공에게서 나는 냄새를 맡아야 했다. 페르방슈가 마리화나를 피워서 눈이 빨개진 채 늦게 귀가해도, 엘렌은 더이상 아무 말도 하지 않았다. 견딜 수 없었던 것은 바로 그 침묵이었다.

페르방슈는 중심가의 한 아파트에서 로랑과 동거를 시작했다. 그 아파트는 넓고 약간 낡은데다 온통 뒤죽박죽이었다. 로랑의 친구들이 빌려준 방이었다. 그의 친구들은 대부분 불량배나 건달이었다. 그중에 머리를 삭발한 키 큰 친구가 하나 있었는데, 사샤라는 러시아 이름을 가지고 있었다. 생김새가 이상했고, 여름에도 검은색 옷을 입고 다녔으며, 얼굴이 창백했다. 그는 마치 권투선수가 그러듯이 페르방슈를 약간 비스듬하게, 약간 치켜보듯이 바라보곤 했다. 위험해 보였으나, 어쩌면 스스로 남들에게 그런 느낌을 불러일으키려는 것 같기도 했다. 그는 대형 휴대용 카세트 라디오로 나치군가(軍歌)가 들어 있는 카세트테이프를 듣곤 했다. 그는 윌리와 살고 있었는데, 윌리는 피부가 아주 새카만 서인도 제도 출신 흑인이었지만 인종차별주의자였다. 하나같이 엘렌이 평소에 싫어하던 부류의 사람들이었다.

아파트에는 항상 사람들이 드나들었다. 긴 복도는 수많은 물건들, TV, 비디오, 스테레오 세트, 아직 새 포장지에 들어 있는 비디오카메라, 그뿐 아니라 전자레인지와 최첨단 냉장고 같은 가전제

품들로 넘쳐났다. 페르방슈는 아무런 질문도 하지 않았다. 그녀는 그 장애물들 사이를 빠져다녔으며, 그것이 놀이가 되기도 했다.

아파트에서의 생활은 예기치 못한 일들로 점철되었다. 때때로 여자들이 들이닥쳐서 하룻밤을 머물고는 가버렸다. 그들 중 몇몇은 다시는 볼 수 없었다. 그녀들은 TV를 켜놓은 거실에 자리를 잡고서, 건달들과 함께 웃으며 피우고 마시고 했다. 뭘 해서 먹고사는지 첫눈에 알 수 있는 여자들이었지만, 온순한 편이었고 누구 하나 페르방슈에게 성가시게 굴지 않았다. 세르비아인지 크로아티아인지, 여하튼 그런 이름을 가진 동유럽 나라에서 온 여자도 있었다. 튀니지에서 온 여자도 있었는데, 이름이 주비다였지만 모두들 주비라고 불렀다.

주거상황은 그리 좋지 못했다. 일층에는 인도차이나 출신의 여자가 운영하는 식품점이 있었는데 요리도 팔았다. 아파트에는 대부분 아시아인들이 세들어 살았고, 맨 위층의 골방에는 북아프리카 출신의 노동자와 성도착자들이 살고 있었다.

몇 주가 지난 후, 페르방슈는 입주자들 거의 대부분과 알게 되었다. 그녀는 그들을 어느 정도는 자신의 새 가족으로 여겼다. 로랑은 간간이 카페에서 일했다. 페르방슈는 그가 깡패들이 한탕하는 데 끼어든 것이 분명하다고 생각하고 있었다. 아마도 그는 운반을 담당하여, 물건이 든 상자를 소형 트럭에 싣고 아파트로 옮기는 일을 돕고 있을 것이었다. 그렇지 않으면 그는 중심가에 있는 아르메니아 골동품상에서 오후 시간을 보내며 안락의자에 앉아서 음악잡지나 탐정소설을 읽곤 했다. 주인이 자리를 비우면 대신 전화를 받는 정도니 보수를 많이 받지 못할 것은 뻔한 일이었다.

8월 말경에, 로랑은 페르방슈에게 말했다. "이봐, 네가 사진가와 만날 수 있도록 약속을 잡았어." 그는 마약상들에게, 특히 닥스라고 불리던 사샤의 친구에게 많은 돈을 빚지고 있었다. 페르방슈는 스튜디오로 가기 위해 길을 나섰다. 그녀는 스테른이 뭘 원하고 있는지 잘 알고 있었다.

3

신참 여판사 클레망스는 자신의 사무실에 앉아 있다. 창문 가까이에서 제습기가 돌아가고 있지만, 공기는 덥고 답답하다. 바깥의 풍경은 하늘, 거리, 바다 할 것 없이 온통 잿빛이다. 사무실의 벽들 또한 잿빛이다. 이미 몇 년 동안, 아마도 까마득히 오랜 세월 동안 한 번도 다시 페인트칠을 하지 않은 것 같다. 쇠시리로 장식된 높은 천장은 연한 초록색으로 칠해져 있다. 천장의 한 곳은 덧칠이 벗겨져 있는데, 클레망스는 그 자리에서 프레스코 양식으로 그려진 옛날 문양의 흔적인, 리본을 두른 장미꽃 다발을 분간할 수 있다. 직장을 얻어 재판소의 사무실에서 첫 근무를 하게 되었을 때, 그녀는 곧 그 고풍스런 방이, 기둥머리가 있는 열주식의 높은 문들, 채색된 판자, 두 개의 옛날식 격자형 유리창을 통해 빛이 마치 마닐라지 커튼을 통과한 듯 은은하게 스며들고 있는 그 방이 마음에 들었다.

탁자 위에는 서류들이 산더미처럼 쌓여 있고, 클레망스는 해가 질 때까지 일에 묻혀 있다. 한낮의 열기가 재판소의 담을 타넘어 들어오고 있는 것을 느낄 시간도 없다.

문이 열리고, 손목에 수갑을 찬 젊은 남자가 두 명의 정복 경찰 사이에 끼어 들어왔다.

이미 대부분 서류 속에 대답이 기록되어 있는 질문들의 되풀이 : 성, 이름, 생년월일, 국적, 현주소. 학력? 아버지의 직업, 어머니의 직업. 폭행, 칼로 위협하여 스쿠터 절도. 보고서, 희생자 누나의 증언 : 15세에서 16세가량의 젊은 남자, 지중해 지역 출신의 특징을 가짐. '지중해 지역 출신의 특징'이란 무슨 뜻입니까? 이탈리아인, 그리스인, 이집트인, 이스라엘인? 살바도르 달리는 지중해 지역 출신의 특징을 가지고 있나요? 아니오, 하지만 내가 말하고자 하는 바가 무슨 뜻인지 알지 않습니까? 아니오, 잘 모르겠습니다. 아랍인을 말하는 겁니까? 알제리인과 모로코인은 거의 똑같습니다, 판사님. 클레망스는 젊은이의 얼굴을 유심히 살핀다. 아직 앳된 소년티가 남아 있는 잘생긴 용모. 마노처럼 빛나는 검은 두 눈. 아랫입술 오른쪽 구석에 나 있는 작은 흉터. 한쪽으로 쏠린 점퍼 안에 불편하게 갇혀 있는 건장한 상체. 호송차에서 내릴 때 경찰들이 그를 단단히 움켜잡고 있는 걸 보니, 아마도 반항을 한 모양이었다.

경찰 보고서 낭독. "…… 저는 그자에게 여러 번에 걸쳐 돈과 스쿠터를 내놓으라고 요구했습니다. 그가 거절했을 때, 저녁에 술을 많이 마셔서인지 통제할 수 없을 정도로 화가 치밀었습니다. 저는 잭나이프를 꺼내서, 아래쪽에서 위쪽으로 아랫배를 힘껏 찔렀습니다." 청년의 눈빛은 순진했고, 속으로 다른 궁리를 하고 있는 것 같아 보이지는 않았다. 눈꺼풀을 감싸고 있는 긴 속눈썹은 그에게 온순하고 부드러운 인상과 자연스러운 매력을 부여하고 있었는데, 오히려 그 점이 그의 잔인함을 더욱더 명백하고 확고하게 만들고 있었다. "그런 뒤에, 희생자가 보도 위에 쓰러져서 도와달라고 소리치기 시작했을 때, 심장을 겨냥하여 가슴 부분을 두 번 찔렀습니다. 그러고는 칼에 묻은 피를 그의 티셔츠에 닦고서 스쿠터를 타고 그곳을 떠나 아버지의 집으로 갔습니다. 칼은 가는 도중에 휴지통에 버렸습니다. 아버지의 집에서 잠을 자던 중에 경찰이 들이닥쳐서 저를 체포했습니다. 저는 도망치려 하지 않았습니다. 반발하거나 저항하려고 하지도 않았고, 순순히 사실들을 인정했습니다. 단지, 술에 취한 상태에서 한 행동이라, 자세한 사항들은 잘 기억이 나지 않습니다." 그런 뒤에, 피의자와 경찰서장의 서명.

여판사 클레망스는 자신이 보고 들은 것들로부터 생각을 거둘 수 없다. 그 모든 것들이 그녀 속에 각인되어, 낮이고 밤이고 매순간 반복되는 꿈처럼, 추억처럼 되살아난다. 폴, 자크, 마르완, 아기레, 그들 모두 각기 자신의 부담과 책무, 자신의 목소리와 시선을 가지고 있다. 밤과 텅 빈 심연으로부터 끌려나와서, 온통 피와 정액과 죽음으로 더럽혀지고, 살갗에 맺힌 불결한 땀과도 같은 운명에 내던져진 채, 법정의 강렬한 빛에 눈도 제대로 뜨지 못하고서, 말도 못하고, 남들이 귓속에 흘려넣은 말을 반복할 뿐. 형사, 집행관, 변호사의 시선에 매달리며, 떠내려가지 않기 위해, 익사하지 않기 위해 지푸라기라도 잡으려고 발버둥치면서, 모두 방울방울 밑으로 떨어져내린다. 전문가들, 사회사업단체에서 일하는 여자들, 정신과 의사들, 관선변호사들의 말에 귀가 멍멍해져 있다가, 어느 순간 어두운 방에서 불려나와 그녀 앞에, 청소년 담당의 여판사 앞에 출두한 뒤, 다시금 발이 묶이고 수갑이 채워진 채 고개를 떨구고 수치심으로 몸을 떨며 감옥으로 돌아와 이내 침

타오르는 마음 33

묵 속으로 되돌려진다.

클레망스는 아직 학생이었을 때 처음으로 본 재판을 잊지 않았다. 우아르다는 열다섯 살 때부터 몸을 팔았고, 마약을 했고, 애인으로부터 수시로 두들겨맞았다. 그녀는 밤색 조깅복을 입고 아주 새 것인 하얀 테니스화를 신고 있었는데, 유치장에서 며칠을 보낸 탓에 안색이 좋지 않고 짧게 자른 머리카락이 곱슬거렸다. 귀를 뚫고 있었지만 안전상의 이유로 금귀걸이를 빼앗겼고, 그녀의 이름과 애인의 이름이 새겨진 팔찌와 월석이 달린 목걸이를 압수당했다. 이제 그녀는 마르고 허약한 몸밖에는 남지 않은 상태로, 커다란 참나무 책상 앞의 의자 위에 무너지듯 앉아 있었으며, 여자 경찰은 유사시에 언제라도 행동을 취할 수 있도록 수갑을 풀어 들고서 문 옆의 약간 뒤쪽에 서 있었다.

"…… 에릭이라는 남자가 저와 약속을 정했고, 우리는 여럿이 함께 차를 타고 화장터가 있는 언덕 꼭대기로 올라가서 차도에서 약간 떨어진 곳으로 갔습니다. 얼마 후에 그자가 도착했을 때, 제가 타고 온 자동차가 헤드라이트를 끄고 있었기 때문에 그는 저 말고는 아무도 보지 못했습니다. 저는 혼자 온 것처럼 그의 자동차 쪽으로 걸어갔습니다. 그는 혼자 왔냐고 물었고, 저는 태워다 준 사람이 이런 일에 끼어들고 싶지 않다며 방금 떠났다고 말했습니다. 그러자 그자는 제 머리카락을 움켜쥐고는 주먹으로 때렸고, 그때 그의 반지에 부딪혀 앞니 하나가 부러졌습니다. 그러고 서 그자는 곧바로 저를 덤불숲 쪽으로 끌고 가면서 죽여버리겠다고 말했습니다. 제 애인인 제라르와 함께 있던 사람들이 그 광경을 보고서 전조등을 켰고, 자동차에서 뛰어나와 달려오면서 총을 쏘기 시작했습니다. 에릭이라는 자도 총을 꺼내려 했지만, 총알 한 발이 배에 맞아 비명을 지르며 바닥에 무릎을 꿇었습니다. 사람들은 그의 머리에 다시 여러 발을 쏘았고, 그자가 뒤로 넘어졌을 때 보니 얼굴이 완전히 뭉개져 있었습니다. 그는 즉시 숨을 거두었는데, 제라르와 다른 사람들 몇은 총알이 남지 않을 때까지 그에게 계속해서 총을 쏴댔습니다. 그런 뒤에 사람들은 그자의 시체에 휘발유를 뿌리고 불에 태우려 했는데, 불이 잘 붙지 않았습니다. 그래서 저는 제라르와 함께 차를 타고 그곳을 떠났습니다. 그 밖에는 더이상 아는 게 없습니다."

클레망스는 그 재판을 보러 갔다. 판결을 내리기 위해서가 아니라, 재판이 어떻게 진행되는지 알아둬야 할 필요가 있었기 때문이었다. 우아르다는 피고석에 서 있다. 몸이 아주 가냘프고, 안색은 병에 걸린 어린 소녀의 얼굴처럼 창백하다. 열아홉의 나이에 그녀는 아직 열다섯 살처럼 보이고, 법정에 설 때 입으라고 그녀의 어머니가 특별히 만들어준 회색 원피스를 입고 있다. 그녀의 곁에는, 초라한 몰골을 한 한 떼의 사내들, 기둥서방들이 앉아 있다. 스무 살에서 서른 살 사이로 보이는 그들은 고개를 떨군 채 배심원단 쪽을 보지 않으려 하고 있다. 그리고 원고측 변호사가 고래고래 소리를 지르고 협박하고 으르렁거리며 한 편의 희극을, 아니 비극을 연출하고 있다. 우아르다의 변호사 역시 관선변호사가 아니라 가족들에게서 수임료를 받은 변호사였는데, 그는 바이올린의 가락을 닮은 부드러운 목소리와 온화한 말로 달래고 녹이듯 변론을 한다. 그는 우아르다의 유년 시절에 대해, 마르세유의 타락한 거리들에 대해 말하고서, 부모도 자식들을 포기한 마당에 어떤 기준도 가치도 남아 있지 않게 되었고 종교조차 무력할 뿐이라고 덧붙인다. 그는 남자들의 지배와 횡포, 악을 저지르도록 종용하는 행태를 지적한다. 그리고 그 앞에서 어린 소녀는 정말로 선택의 여지가 없었으며, 반발은 엄두도 내지 못했다고, 그녀는 고작해야 남자들의 손아귀에 들어 있는 인간의 살을 가진 인형일 뿐이었다고 말한다. 그렇게 모든 절차가 끝난 뒤에, 무겁고 비극적이고 과도한 선고가 내려져서 우아르다는 징역 15년에, 살인에 가담한 자들은 20년에, 그리고 다른 자들은 10년에 처해진다. 법정 안에는 잠시 침묵이 감돈다. 사람들이 우아르다를 데리고 나가려 하자 그녀의 입에서 외침이 터져나온다, 그녀는 몸을 돌린다, 그녀는 한동안 영문을 알지 못하다가 이제 모든 게 끝났다는 사실을 깨닫는다, 그녀는 한 마디도 하지 않았다, 사람들이 시키는 대로 했다. 변호사님께서 어린 시절에 대해 말할 땐 울기까지 했다. 갑자기 그녀가 다시 몸을 돌린다. 그녀는 날카로운 외마디 소리를 지른다. 그 비명은 중죄재판소의 넓은 홀 안을 울리고서 전율처럼 모든 사람들의 몸을 관통한다.

지금도 클레망스는 끈에 묶인 서류뭉치들을 자기 앞에 성벽처럼 쌓아놓고서 커다란 사무실에 홀로 앉아 그때의 일을 생각하고 있다. 그녀의 머릿속에서는 같은 얼굴들, 같은 모습들, 같은 말들, 같은 형량이, 마치 끊임없이 되풀이되는 영화 속의 긴 장면처럼 되살아난다.

스테판, 징역 5년, 크리스토프, 5년, 야간 불법침입 강도, 불법 무기 은닉 및 소지, 공무집행 방해, 도주 기도. 실비, 리타, 야스민, 바르바라, 멜로디, 폭행, 상해, 자동차 절도, 마약 소지, 살해 협박, 갈취, 강탈, 폭행강도. 페르방슈가 떠났을 무렵에 클레망스는 막 법률학교를 졸업했다. 그녀는 이런 일을 하게 될 줄은, 청소년 담당 판사가 되는 일이 자신에게 일어나리라고는 상상도 하지 못했다. 바리케이드 이편에, 감옥에 집어넣고 재교육 기관에 가두는 사람들의 편에 서는 것. 바라보고, 결정하고, 벌을 주는 사람들의 편에 서는 것. 그것은 마치 어느 날 사람들이 너는 경찰서장이 될 거라고 말하는 것과 같았다. 그런데 자신도 모르는 사이에 그 일이 실제로 일어났다. 남들과의 경쟁에서 탁월한 능력을 발휘한 데다가, 마침 그 부서에 자리가 비어 있었던 덕분이었다.

그녀는 어머니를 통해 페르방슈의 소식을 들었다. 엘렌은 가나고비의 집에서 장 뤽 살바토르와 함께 살면서 더할 나위 없이 행복해했다. 엘렌은 그림 그리는 일을 계속했고, 장 뤽은 도자기 사업으로 생계를 꾸려나가는 데 성공했다. 그들은 모든 것들로부터 떨어져서, 한적한 교외에서 살았다. 또한 암말도 한 마리 가지고 있어서 여름이면 소풍 나온 사람들에게 돈을 받고 빌려주어 승마 연습장에서 타게 했다. 그들은 근심거리가 많지 않았다. 엘렌은 항상 그래왔듯이 책임감이 없었고, 그런 점에서 어린 소녀와 다름없었다. 오히려 클레망스가 어른이었다. 페르방슈가 화제에 오르면, 엘렌은 자기도 모르게 약간 들뜬 듯한 목소리로 말하곤 했다. "그래, 너도 알다시피, 그애는 자기 식으로 살아가고 있단다. 그애가 그걸 원했지. 나는 그애가 남자친구와 살고 있는 곳으로 만나러 가겠다고 한 적이 있어. 그리고 우리와 함께 가나고비에서 살아도 좋다고 했어. 시내에서 직업을 얻고 저녁에는 집으로 돌아오고 말이야. 하지만 그애가 말하기를, 아무것도 필요하지 않다고 하더구나. 그러니 내가 어떻게 해야겠니? 나는 그애에게 이래라 저래라 강요할 수 없어." 그녀는 어이없는 말을 반복했다. "그애에게는 그애 삶이 있고, 내게는 내 삶이 있는 거야."

클레망스는 페르방슈의 주소를 얻었다. 알아본 바로는 전화가 없었다. 어쩌면 전화가 걸려오는 것을 원하지 않았을 수도 있다.

9월의 어느 긴 휴일에, 클레망스는 마르세유 행 기차를 탔다. 문 앞에서 초인종을 누르자, 건달처럼 보이는 사내가 문을 열어주었다. 팬티 차림을 한 서인도 제도 출신의 키 큰 사내로 어깨에 문신 같기도 하고 흉터 같기도 한 울퉁불퉁한 것이 보였다. 그는 이름이 윌리였던 것 같다. 페르방슈의 언니라고 소개하자, 그는 그녀를 들여보내주었다. 페르방슈는 안쪽의 방에 있었는데, 막 잠에서 깨어난 모양이었다. 얼굴이 붓고 티셔츠가 구겨지고 머리카락이 더러웠다. 페르방슈를 보지 못한 지 벌써 이 년 가까이 지났던 터라, 클레망스는 그녀를 알아보기가 어려웠다. 페르방슈에게서는 담배와 술 냄새가 났다.

두 사람은 이런저런 이야기를 나누었으나, 이내 할말이 없어졌다. 이미 그들은 같은 세상에서 살고 있지 않았다.

페르방슈는 고집쟁이 같은 모습을 보였고, 매사에 방어적인 자세를 취했다. 전부터 해오던 장난도 더이상 그녀를 웃게 하지 못했다. 조금 전 클레망스는 문을 두드린 뒤에, 페르방슈가 "누구세요?"라고 묻자 이렇게 대답했다. "El viejo Ines." "A donde vas?" "A General de Gas."*

멕시코의 자코나는 멀었다. 그곳의 사람들은 유령과 다를 바

없는 존재였다. 페르방슈는 베토, 로살바, 피나, 샤벨라, 마이라 같은 튈리판 거리 아이들의 이름조차 잊어버렸다. 그녀의 입가에 미소를 일깨운 유일한 기억은 커다란 개 스쿠비 두였는데, 그 개는 아이들 뒤를 소리없이 따라다니다가 축축한 주둥이를 장딴지에 가져다대곤 하여, 아이들로 하여금 무서워 소리를 지르게 만들었다. 또 아이들은 번석류나무에 기어올라가서 그 열매를 개에게 던지기도 했는데, 그들이 매달린 나뭇가지는 휘어져서 길 위로 축 늘어지곤 했다. 자코나에는 개와 관련하여 벌어지는 문제들이 많았다. 주택가의 벽에 기대어 앉아서 밤새도록 달을 보며 짖는 개들도 있어서, 페린이 돌팔매질을 하거나 물을 한 양동이 끼얹어서 쫓아버리곤 했다. 길 위에서 사납게 으르렁거리며 야성적으로 싸우는 것들이 있는가 하면, 끊임없이 흘레붙어서 커다란 거미처럼 엉덩이를 서로 붙인 채 여덟 개의 다리로 비트적거려서 페르방슈를 파랗게 질리게 만들던 것들도 있었다. 어느 날 페르방슈는 수로를 따라 돌아오던 길에, 파라슈티스트 동네 근처에서 개 한 마리로부터 공격을 당한 적이 있었다. 뒤쪽에서 조용히 다가와 아가리에서 침을 흘리며 송곳니를 드러낸 그 개는 클레망스가 돌을 던지자 달아났다. 그날 밤, 그 지역에서는 여러 발의 총성

---

\* "늙은 이네스랍니다." "어디로 가시나요?" "가스 회사로 갑니다."라는 뜻의 에스파냐어.

이 울렸고, 다음날 치타를 통해 사냥꾼들이 미친 개를 모두 죽여버렸다는 사실을 알게 되었다.

클레망스는 동생을 바라보면서, 가슴이 아파오는 것을 느꼈다. 그녀는 동생을 위해 아무것도 할 수 없었다. 이미 너무 늦고 너무 멀어졌다. 너무 달라져 있었다. 그녀는 법학을 공부했고 고시에 합격했지만, 자신의 동생이 추락하고 있는 순간에 어떻게 붙잡아주어야 할지 알지 못했다.

그녀는 질문을 던져서 로랑이 무슨 일을 하고 있는지, 혹시 사는 방식을 바꿀 의사는 없는지 떠보려 했다. 그러나 그녀는 자기도 모르게 자꾸 심문하듯이 말을 하고 있었다.

페르방슈는 입을 다물어버렸다. 그녀는 클레망스가 상징하는 모든 것, 사회적 역할, 책임감, 권위 따위를 싫어했다. 어느 순간, 클레망스는 섣불리 입을 열어, 페르방슈에게 이 끔찍한 사람들을 멀리하고 이 빈민굴에서 빠져나갈 수 있도록 자기가 그녀를 도울 수도 돈을 빌려줄 수도 있다고 말했다. 페르방슈의 반응은 격렬했다. 그녀의 두 눈은 싸늘한 불꽃으로 타오르고 있었고, 얼굴 전체가 일그러져서 입술과 코 주위뿐만 아니라 이마 위에도 작은 주름살들이 새겨졌다. 그녀는 낯설기 짝이 없는 낮고 쉰 목소리로 클레망스에게 아무것도 모르는 소리 하지 말라고 말했다. "언니는 날 도와줄 수 있겠지. 물론이야. 언니는 모든 걸 다 알고 모든 걸 판단하고 모든 걸 결정하는데, 난 겨우 열 살이니, 언니 말을 듣고 언니와 언니의 그 알량한 권력을 존중해야겠지. 언니는 나에 대해 뭔가를 안다고 생각하겠지만 내 삶에 대해 아무것도 모르고 있고, 또 알고 싶어한다 하더라도 나에 대해 조금도 알 수 없을 거야. 나한테는 언니의 거지 같은 충고가 필요 없어. 그따위 것도, 언니도 필요 없어. 그러니 내 삶에서 꺼져줘. 나를 잊어버리라구." 페르방슈의 얼굴은 분노로 인해 어두워져 있었고, 잔뜩 굳어져 있었다. 클레망스가 아무 대답도 하지 않자, 그녀는 다시 누워버렸다. 방 안은 실로 모든 것이 엉망진창이었다. 바닥에 낡은 매트리스들이 깔려 있고 더러운 홑이불들이 둥글게 말려 있었다. 그녀가 담배를 피우기 위해 다시 일어나 앉았을 때, 티셔츠가 벌어졌다. 그때 클레망스는 그녀의 가슴을 보게 되었는데, 젖가슴 위쪽에 화상을 입은 것처럼 붉은 자국이 여러 개 나 있었다. 클레망스는 예전에 페르방슈의 피부가 어떠했는지 기억하고 있던 터라, 부르르 몸을 떨었다. 그들은 틸리판의 저수지에서, 수영장 같은 곳은 아니었고 그저 아이들이 개구리와 물벼룩들 속에서 멱을 감던 웅덩이에 불과했지만, 여하튼 그곳에서 함께 목욕을 하곤 했다. 페르방슈의 피부에서 나던 냄새, 촉촉이 젖은 풀의 신선하고 감미로운 냄새, 너무도 오랫동안 그 냄새에 대해 생각해본 적이 없었기에 이 상황이 더욱더 혐오스럽게 여겨졌다.

클레망스는 서둘러 아파트를 빠져나왔다. 심장에 통증이 느껴졌다. 옛날의 추억 때문인지, 자신의 몸에 배어 있는 마리화나의 냄새 때문인지 알 수가 없었다. 그녀는 보르도 행 저녁 기차를 탔다.


4


거래는 야산에서 밤에 이루어졌다. 그곳은 하늘에 도시의 희끄무레한 빛이 어려 있는 것이 눈에도 보일 정도로 시내에서 가까우면서도 모든 것으로부터 멀리 떨어져 있는, 참으로 묘한 장소이다. 먼저, 깊은 골짜기를 따라 구불구불 이어지는 차도가 있고, 벽돌집들이 말벌집처럼 경사면 위로 여기저기 매달리듯 서 있다. 숲을 가로질러 좀더 올라가면, 공기가 너무 습해서 소나무 가지 위와 덤불숲 속에 무겁게 내려앉아 있는 구름을 통과하는 듯하다.

그날 밤은 무척 더웠다. 매미들이 귀가 멍멍할 정도로 울고, 두꺼비들이 계곡에 숨어 있었다. 페르방슈는 두꺼비들이 우는 소리를 분명하게 들었다. 아마도 그녀는 옛날에 밤이 오면 모기장 안에서 삐걱거리는 소리와 바스락거리는 소리에 겁에 질려하던 일을 생각하고 있었던 듯하다. 그러나 이제 그녀는 더이상 밤이 무섭지 않았다.

로랑이 자동차를 거칠게 모는 바람에, 커브를 돌 때마다 타이어에서 날카로운 소리가 났다. "왜 그렇게 빨리 달리니? 심장이 아플 지경이야. 속도를 줄여." 그러나 그는 듣지 않는다. 그는 얼굴을 잔뜩 찡그린 채, 페르방슈를 바라보지 않는다. 아니면 간간이 곁눈으로 그녀를 힐끔거렸는데, 마치 개의 눈길처럼 느껴졌다. 실제로 그의 노란색 홍채에는 동물적인 표정이 담겨 있었다.

드라이브를 나가기 전에, 그들은 푹푹 찌는 방 안의 매트리스 위에서 사랑을 나누었다. 그녀는 기분이 좋아서 그의 몸을 꼭 끌어안았다. 그는 상체가 좁다. 그녀는 팔로 그를 감고서 그가 숨이 막힐 때까지 넓적다리로 몸을 조이며 재미있어했다. 그러나 이번에는 그렇게 하는 것이 그를 웃게 하지 못했다. 그는 페르방슈의 팔을 떼어내고서 거칠게 숨을 내쉬었고, 그의 등은 땀으로 미끈거렸다. "왜 그래?" 그녀가 그의 표정을 살피며 물었으나, 로랑의 얼굴은 가면처럼 차갑게 경직되어 있었다. 그녀는 그의 이마에 새겨진 주름살과 관자놀이 부근에 Y자로 부풀어오른 정맥을 떠올린다. 이상한 표정으로 인해, 그의 두 눈은 마치 판지를 댄 얼굴 위에 뚫려 있는 두 개의 구멍 같다. 그는 너무 마셨고, 너무 피웠다. 그는 그녀가 자기를 보는 것을 원하지 않는다는 듯이 그녀를 돌아눕게 했다. 그의 단단한 음경은 고통과 쾌락을 동시에 발산

하는, 뜨겁게 달아오른 창이었다. 페르방슈는 자신을 점점 중심으로 빨아들이는 소용돌이 속에 있었고, 마시고 피우고 또 마시고 잠을 자며 며칠씩 보내면서 밤마다 수없이 꿈속으로 빠져들었다. 또한 그녀는 기다렸다. 사샤의 카세트테이프에 담겨 있는 나치 군가와, 서인도 제도 사람 윌리가 듣는 자메이카 흑인의 음악과, 아파트 안에 찌렁찌렁 울려퍼지는 건달들의 목소리, 아랍인과 흑인들을 뒤쫓으며 밤마다 배회하는 그림자들, 쇠사슬이 쩔렁거리는 소리, 마약과도 같은 증오, 맥주 냄새와 방들을 자욱하게 채우는 담배연기. 그것들의 소용돌이가 그 동안 알아왔던 모든 것들로부터 그녀를 떼어놓았다. 어느 날 저녁, 사샤는 흐릿한 눈으로 그녀를 바라보며 저주처럼 한마디 말을 던져서 그녀를 두려움으로 얼어붙게 했다. "다시 태어나기 위해서는 죽어야 해."

무척 더웠던 탓에, 그들은 저녁까지 잤다. 닫힌 겉창 너머로, 페르방슈는 자동차들이 대로(大路)를 달리는 소리를 들었다. 그러나 차체에서 빛이 반사되지 않았기 때문에, 천장에 비춰지는 그녀의 영화도 꺼졌다. 잠시 그녀는 언니에 대해 생각했고, 아마도 이렇게 중얼거렸다. "언니한테 전화를 걸어야지." 그러나 그녀를 주저앉힌 것은 8월 초에 이미 한 번 전화를 걸려고 시도했다는 사실이었다. 그녀는 뱃속에 든 아이에 대해 언니에게 말하고 싶었다. 그러나 U주택단지에서는 이십 분이나 기다리게 하고서 이렇게 말했다. "로로 양은 방에 없습니다. 전갈을 남기시겠습니까?" 그녀는 항상 그런 것들, 그런 장벽들, 자동응답기, 전갈을 남기고 자시고 하는 것, 구멍이 뚫린 투명한 플라스틱 판을 사이에 두고 대화를 하는 일 따위를 싫어했다. 그녀는 수화기를 내려놓았고, 바에 통화료를 지불했다.

이제 추락은 다소 속도가 느려져 있었다. 매트리스 위에 벌거벗고 누워 허공에 붕붕 떠다니며, 대로에서 들려오는 소리와 옆에 엎드려 잠이 든 남자가 조용히 숨쉬는 소리를 듣는 것이 썩 나쁘지 않았다.

자동차가 언덕 꼭대기에 도착하여, 소나무숲으로 들어가는 비포장도로로 이어지는 갈림길에 이르렀다. 페르방슈는 아무것도 묻지 않는다. 어쩌면 그녀는 여전히 추락의 현기증에 사로잡혀 있거나, 아니면 너무 피우고 너무 마신 건지도 모른다. 이제 로랑은 전혀 취한 것같이 보이지 않는다. 그는 건장하고 신경이 예민하고 긴장해 있다. 그의 행동은 뚝뚝 끊어진다. 그의 이마에는 여전히 주름이 잡혀 있고, 관자놀이의 정맥이 부풀어 있다. 그의 두 눈은 가면에 뚫린 구멍을 통해 밖을 내다보고 있다.

숲속의 빈터에 이르러, 로랑은 자동차를 멈췄다. 그는 차가 아직 나아가는 중에 시동을 껐고, 엔진은 부르르 요동을 친 후에 멈췄다. 빈터는 어둡다. 그러나 시내의 불빛, 나무들의 머리 위쪽 하늘로 퍼져나가는 둥글고 밝은 기운 덕분에 앞을 볼 수 있다. 이곳은 유난히 매미들 울음소리만 낭자하다. 후텁지근한 열기에서 송진 냄새가 난다. 이곳의 분위기는 차라리 낭만적이지만, 하늘에는 별이 하나도 없다.

갑자기 정적이 찾아든다. 매미들이 뭔가에 방해를 받은 듯 울기를 멈췄다. 로랑은 차에서 내렸고, 차문을 열어놓은 채 빈터의 한가운데로 걸어나간다. 페르방슈는 자신의 심장이 무척 느리게 뛰는 것을 느낀다. 그녀는 여전히 소용돌이 속에 들어 있다. 그러나 그녀의 몸은 아직 그 소용돌이의 가장자리에 머무른 채, 강가에서 여린 풀잎 몇 개나 간신히 뽑을 정도의 무척 약한 움직임에 실려 있다. '내게 무슨 일이 일어나고 있는 거지? 이제 어떻게 되는 거지?' 아마도 그녀는 사샤가 한 말이 기억나서, 죽음이 두려워졌던 듯하다.

그녀는 아무 말도 하지 않았다. 그녀의 목에서는 한 마디 말도 나오지 않았다. 그녀는 자동차 앞자리에 앉아, 두 손을 배 위에 얹고 약간 몸을 구부린 채 기다린다.

그자들이 도착했을 때, 그녀는 곧 그들을 알아본다. 윌리가 있고, 닥스라는 자가 있다. 로랑은 그들과 함께 있지 않다. 닥스는 작고 말랐고, 검은 가죽점퍼를 입고 있다. 윌리는 그의 뒤에 서 있다. 그들이 그녀를 차에서 내리게 한다. 아주 조심스럽게. 아주 조심스럽게. 닥스가 말한다. "이제 우리가 너를 돌봐줄게. 너한테는 아무 일도 없을 거야." 페르방슈가 너무 떨려서 걷지 못하자, 닥스와 윌리가 그녀를 부축한다. 이제 소용돌이는 거의 멈추었고, 소나무숲 전체가 빙글빙글 돌고 무너지고 너울거리고 있으며, 페르방슈는 구역질이 치미는 것을 느낀다. 바람 한 점 없는 숨막히는 더위에도 불구하고, 끔찍한 한기가 엄습하는 것을 느낀다. 그녀가 몸을 떨고 두 무릎이 서로 부딪치는 것도 아마 그 때문일 것이다.

갑자기 매미들이 다시 울기 시작했다. 빈터 주변의 도처에서 들려오는 그 날카로운 울음소리는 서로 겹쳐지면서 눈에 보이지 않는 그물을 짜나가고, 그 소리에 페르방슈는 원기를 거의 회복한다. 이제 그녀는 소나무의 바늘잎 융단 위에 누워 있다. 그녀는 닥스의 몸이 자신을 덮는 것을 느낀다. 그는 옷과 살갗을 뚫고 그녀의 가장 깊은 곳까지 이르려는 듯 그녀의 속으로 강제로 들어온다. 그녀는 소리를 지르지 않기 위해 이를 악문다. '만약 내가 소리를 지르면, 이자가 나를 죽일 거야.' 그녀는 조용히 그런 생각을 한다. 그것은 분명한 사실이다. 로랑은 자기가 원하는 곳으로, 이 소나무숲으로 그녀를 데려왔고, 그녀를 배신하고 팔아넘겼다. 그는 그녀를 동물처럼 이용해먹었다. 그녀는 두려움 없이 그런 생각을 한다. 지금 그녀는 완전한 심연의 밑바닥에, 아무도 그녀를 찾으러 오지 못할, 모든 길이 끝나는 이곳, 소나무숲 속의 이 빈터에 홀로 있는 것이다.

모든 것이 끝났을 때, 두 남자는 약간 뒤로 물러나서 담배를 피워문다. 페르방슈는 벗어놓은 옷을 걸치고서, 절뚝거리며 빈터의 한가운데로 걸어간다. 그녀의 눈에는 아무도 보이지 않는다. 장님처럼 두 손을 앞으로 뻗고서 걸음을 옮긴다. 나무 뿌리와 돌에 발이 차인다. 시동을 거는 엔진 소리가 들리고, 자동차의 차폭등이 켜져 있는 것이 보인다. 운전석에 앉아 있는 것은 서인도 제도 사람 윌리인데, 이제 그는 그녀를 쳐다보지도 않는다. 그녀는 뒷자리에, 닥스의 옆에 앉는다. 그는 담배를 문 채로 팔을 아무렇게나 페르방슈의 목에 감는다. 닥스의 자동차는 가죽 냄새가 나는 커다란 독일제 차인데, 훔친 것이 분명하다. 페르방슈는 닥스가 건네준 담배를 한 모금 깊이 빨아들이며 속이 탁 트이는 듯한 쾌감을 느낀다. 자동차는 아까 로랑이 타이어 소리를 요란하게 울리며 지나온 구불구불한 길을 천천히 달려간다. 어느 순간, 커브 길에서 페르방슈는 왼쪽으로 도심의 광경이 커다란 빛의 호수와도 같이 펼쳐져 있는 것을 본다. 이윽고 언덕이 다시 그 모습을 가린다.

5

언제 그녀는 모든 것을 잃은 걸까? 지금, 가나고비의 모든 것을 짓누르는 늦여름의 더위 속에서, 엘렌은 곰곰이 생각하고 있다. 그녀는 한때 에두아르 페린을 지구 끝까지라도 쫓아가겠다고 단단히 마음먹었듯이 단단히 마음을 먹고서 그를 자신의 인생에서 쫓아버렸다. 초기에 그녀가 좋아했던 그의 모습은, 가난한 사람들을 치료해주는 의사로서의 모습이었다. 그는 극빈자들의 구호에 나선 캐나다 박애단체의 후원을 받는, 세계보건기구의 사도와 같은 존재였다. 멕시코의 오지로 파견되기 전에, 그는 중앙 아프리카와 마다가스카르에서 활동했다. 어느 여름날 엑스에서 엘렌이 그를 알게 되었을 때, 아마도 한 카페의 테라스에서였던 것 같은데, 그때 그녀는 그의 외모에 강한 인상을 받았다. 그는 키가 컸고, 피부가 아주 검고, 손이 아주 크고 손바닥이 하얬으며, 그녀를 바라볼 때의 표정이 무척이나 진지했다. 그들은 8월 내내 만났고, 기숙사 같은 분위기의 가구 딸린 작은 방에서 함께 살았다. 엘렌은 뱅상 로로와의 실패한 결혼생활 이전으로 돌아가서 근심 없던 시절의 삶을 다시 사는 듯한 느낌을 받았다. 그녀는 자신이 새로이 사랑에 빠졌다고 느꼈다. 에두아르는 멀리 떠나면서 자신이 어디로 가는지 알려주고서, 마치 게임이라도 하듯이 그리로 자기를 만나러오라고 말했다. 그런 뒤에 그녀는 홀로 남겨졌다. 로로 할머니는 가나고비에서 엘렌과 아이들을 기다리며 공립학교에 다니는 아이들을 위해 개학준비를 하고 있었다. 그러던 중 9월의 어느 날, 별로 깊이 생각해보지도 않고서, 아마도 그 무렵에 벌써 프로방스의 기후가 춥고 습기찼기 때문인지 아니면 실로 오래 전부터 어떤 변화를 기다려왔던 탓인지 잘 몰라도, 여하튼 그녀는 친구들에게서 돈을 빌려 자기와 클레망스의 비행기표를 샀다. 페르방슈는 가나고비에, 모든 일이 잘되기를 바라는 할머니와 함께 머물러 있어야 했다. 멕시코에서는 에두아르가 기다리고 있었다. 그들은 북 터미널에서 트레스 에스트렐라스 데 오로 고속버스를 탔고, 이른 아침에 기진맥진하여 자모라에서 내렸다. 에두아르는 그들을 즐겁게 해주려는 듯, 자코나 시내까지의 도로를 마차를 타고 달리게 했다.

에두아르 페린은 튈리판 거리에 있는 작은 시멘트 집을 세냈고, 날마다 시내 공동묘지 근처에 있는 무료진료소에서 저녁때까지 일을 했다.

그것은 새로운 삶이었다. 엘렌은 모든 것을 배워야 했다. 에스파냐어를 미초아칸 지방의 단조로운 억양으로 말하는 법을 배워야 하는 것은 물론이었고, 거친 말들, 욕설, 농담, 지켜야 할 관례들, 입에 담으면 안되는 것들, 예절바른 행동과 무례한 행동, 가까이 지내는 사람들에 대해서도 알아두어야 했다. 그녀에게는 이웃과 친구들이 있었다. 아침이면 동네 사람들이 부엌문을 두드리고는 수다를 떨기도 하고, 소금이나 밀가루를 빌려달라고 하기도 하고, 때로는 선물과 달걀과 벌꿀과 갓 구운 빵을 가져다주기도 했다. 그녀는 의사의 아내였다.

여섯 달 후에, 엘렌은 어린 페르방슈를 불러왔다. 페르방슈는 목에 글자가 적힌 종이쪽지를 매달고서 혼자 여행을 했는데, 비행기 안에서 토했던 탓에 얼굴이 하얗게 질려 있었다. 클레망스는 처음부터 타향에서 사는 것을 반대했다. 그녀는 에두아르 페린에게 적대감을 드러냈는데, 처음에는 노골적으로 그러다가 엘렌이 야단을 치기 시작한 후로는 속으로 감추었다. 페르방슈가 도착한 후에 사정은 약간 나아졌다. 그러나 클레망스는 동생을 자신의 음모에 끌어들였다. 둘은 소리죽여 서로 수다를 떨면서도 에두아르에게는 전혀 말을 하지 않았고, 그가 말을 걸어도 마찬가지로 입을 다물고 있었다. 그녀들은 그가 마치 적이라도 되는 듯이 행동했다. 아버지를 전혀 만나지 못하면서도 아버지 편을 들고 있었던 것이다.

클레망스는 세 번이나 학교를 바꿔야 했다. 그런 중에 그녀는 차츰 그곳의 생활에 적응하게 되었다. 건기가 오면, 거리에서 놀이가 시작되었고, 클레망스는 다른 아이들과 함께 어울렸다. 그녀는 말하는 법과 노는 법을 배웠고 지금까지 누려보지 못한 자유를 만끽했다. 오후 두시에 학교에서 돌아오면, 클레망스는 교복을 벗어던지고, 얼룩진 바지와 티셔츠를 입고 운동화를 신고서, 자동차나 트럭을 겁내지도 않고 마을의 길들을 가로질러 뛰어갔다. 그녀는 여기저기 안 가본 곳이 없었다. 심지어 개천가에, 낙하산 부대라는 뜻으로 파라슈티스트라고 불리는 사람들이 사는 빈민가에도 가보았는데, 사람들 말로는 몇몇 생각이 짧은 변호사들이 가난한 사람들로 하여금 땅을 점유하게 하여, 땅주인들이 그 땅을 팔려고 어쩔 수 없이 그들을 그곳에 이주시켰다는 것이다.

엘렌 역시 온갖 곳을 돌아다녔다. 그녀는 그림과 조각을 다시 시작했다. 아나우악 협동단지에서 커다란 마분지를 샀고, 옥수수나 사탕수수, 혹은 길 건너의 커다란 번석류나무들을 배경으로 동네 사람들의 초상화를 그렸다. 그녀는 사람들의 표정과 인디언 여자들의 둥그스름한 얼굴 윤곽과 눈이 시릴 정도로 새카만 머리카락을 좋아했다. 그녀는 그 초상화들 대부분을 간직하고 있다가 다시 프로방스로 돌아올 때 가져왔다. 그림 속의 얼굴들은 그녀의 수호자이자 친척이자 유일한 친구들이었다. 그 속에는 아담과 이브가 있었고, 빵을 구걸하거나 번석류를 주우러 온 누더기 차림의 두 아이가 있었고, 또 사람들이 놀리는 의미로 마리키타라고 부르던 인디언 노파도 있었는데, 그녀는 이집 저집 돌아다니며 원료용 흙과 탕약을 끓이는 풀과 재가 뒤섞인 매운 꿀 따위를 팔았다. 또한 거리의 아이들, 피나와 항상 머리카락이 부스스한 샤벨라, 카를로스, 베토, 로살바 라 구에라, 마이라가 있었다.

치타라는 여자도 있었다. 개천 근처에 낙하산 부대의 가건물들이 있었는데, 치타는 그중 한 곳에서 가족들과 함께 살고 있던 피부가 검고 마른 소녀였다. 진짜 이름은 후아나였지만, 거리의 아이들은 그녀를 놀려대며, TV 연속극에 나오는 암원숭이의 이름을 붙여주었다. 그녀는 아무 말도 없었다.

엘렌은 그 아이의 초상화를 그리지 않았다. 그릴 생각이 없거나 그리고 싶지 않았기 때문이 아니라, 그 아이가 신비로운 면을 지니고 있었기 때문이었다. 침묵하고 달아나고 멀리 떨어져 있는 것이 그녀의 특징이었다. 또한 그녀는 사람들이 자기를 오랫동안 빤히 바라보는 것을 싫어해서, 그럴 때면 손으로 얼굴을 가리곤 했고, 자기가 뭔가 먹는 모습이 사람들의 눈에 띄는 것을 원하지 않았다. 그녀는 짐승처럼 음침하고 고집스럽고 불가사의했다. 아마도 바로 그런 점 때문에 거리의 아이들이 그런 별명을 붙여주었을 터였다. 그녀는 열일곱 살이었지만, 몸이 너무 가냘퍼서 열다섯 살쯤으로밖에 보이지 않았다. 그녀는 거리로 나오면 항상 엘렌의 집 앞에 자리를 잡았고, 엘렌은 외출할 때마다 그녀를 보았다.

어느 날, 엘렌이 동냥을 주려 하자, 그 소녀는 우울한 눈으로 엘렌을 바라보면서 이렇게 말했다. "나는 돈을 바라지 않아요. 아주머니 집에서 일하고 싶어요." 처음에 엘렌은 웃으며 말했다. "넌 일을 하기에는 너무 어리다." 그러나 소녀는 웃지도 않고 끈질기게 고집을 피웠다. "일할 수 있어요. 한번 시켜보세요." 치타가 집에 들어오게 된 것은 그런 연유에서였다. 그녀는 엘렌의 집안 일을 도와 물을 흠뻑 뿌려 바닥을 닦기도 하고, 클레망스가 학교에 가 있는 동안 페르방슈를 돌봐주기도 했다. 그녀는 말을 많이 하지 않았고, 뭔가 근심거리가 있는 듯 항상 우울해 보였으며, 차가운 표정을 짓고 있었다. 피부가 까무잡잡하고 머리카락이 짧고 곱슬곱슬한 그녀를 볼 때마다, 엘렌은 그녀가 모글리를 닮았다고 생각했다. 그녀는 차츰 긴장을 풀고 때로는 웃기까지 했으며, 자기를 따르는 페르방슈와 인형놀이를 하곤 했다. 오랫동안 엘렌은 그녀에게 읽기와 쓰기를 가르치려고 노력했으나, 그녀는 엘렌이 원하는 수준에 이르지 못했다. 공책을 펴놓고 그 위에 엎드려 있기 일쑤였으며, 일을 많이 한 탓에 벌써 손이 찌그러져 볼펜을 잡기가 힘들었다. 그녀는 공책에 대문자로 이름을 쓰곤 했다. JUANA. 그녀는 거리에서 벌어지는 아이들의 놀이에 전혀 끼지 않고, 일이 끝나면 일당으로 받은 돈은 브래지어 속에, 묵은 빵은 비닐봉지에 넣고서 가버렸다. 그녀의 삶은 모를 일투성이였다.

한 번은 엘렌이 낙하산 부대 동네로 그녀를 보러 갔다. 치타는 그녀의 아버지가 손수 지은, 회반죽도 없이 벽돌을 쌓아올리고 널빤지와 함석 쪼가리로 지붕을 올린 가건물에서 살고 있었다. 매해 우기(雨期)가 오면 길은 진흙탕으로 변했다. 개천이 넘치면 썩은 물이 집 안으로 흘러들었다. 엘렌은 치타의 부모를 만날 수 없었다. 집 안에는 치타보다 조금 더 나이가 많은, 얼굴에 회색 반점이 있는 젊은 여자가 있었다. "우리 언니예요." 치타는 그렇게 말하고서 간단히 덧붙였다. "지금 아파요. 간질이 있어요."

그 모든 일들이 이제는 너무 멀게 느껴진다. 엘렌은 왜 지금 치타를 생각하고 있는가? 그곳에서 있었던 모든 일들이 오늘에 대한 무슨 의미를 지니고 있는 듯하다. 오늘에 대한 설명으로서의 과거가 아니라, 오늘에 대한 예언으로서의 과거인 것이다.

멕시코에서 지낸 시절은 멀리 흘러가버렸다. 페르방슈는 얼마 전에, 치타가 처음으로 튈리판 거리의 집 앞으로 와서 낮은 담장 위에 앉았을 때, 그때의 치타와 같은 나이가 되었다. 엘렌은 잘 기억하고 있다. 시어머니가 죽은 후 그녀가 은신처로 삼은 가나고비의 작은 집, 석회로 초벽을 한 이곳의 방에서 느끼는 프로방스의 더위는 그때와 비슷하다. 그러나 거리는 그때와 달라서, 저녁에 보도 위에서 노는 아이들은 없고, 무기력해 보이는 노인들이 광장에서 쇠공을 굴리고 있을 뿐이다.

멕시코에서 보낸 시절은 한결같지 않았다. 몇 년이라는 시간이 무척 길었던 동시에 항상 새로운 사건들로 채워져 있었다. 하루하루가 뜨겁게 달아올랐고, 소음과 폭력과 열정으로 점철되었다.

고독감도 빼놓을 수 없다. 소나기가 먼저 조짐을 보이면서 하늘을 덮기 시작하는 것처럼, 모든 것이 시작된 것은 아마도 바로 그곳에서였던 듯하다. 소나기가 어느 쪽으로 나아갈지, 심장을 얼마나 깊이 파고들지 아무도 예측할 수 없는 법이다. 에두아르는 매일 밤 집을 비웠다. 그는 홍등가로 가서 깡패 나초라는 별명을 가진 사내의 사창굴에서 밤을 보냈다. 살갗이 누렇고 키가 작고 생쥐 같은 인상을 한 그 사내는 빈민가에서 여자들을 모아다가 허름한 바에 가둬두고 영업을 하는 형편없는 인간이었다.

처음에 엘렌은 아무것도 알고 싶지 않았다. 그녀는 일과가 끝난 뒤에 그가 무료 진료소에서 잔다고 생각했다. 그녀는 뱅상 로로와 그랬던 것처럼 다시 바닥이 없는 우물과도 같은 말다툼과 질투 따위가 시작되는 것을 원하지 않았다.

그러던 중에 누군가가 그 사실을 알려주었다. 뤼프라는 여자가 그동안 그래왔듯 넌지시 귀띔을 해준 것이다. 뤼프의 남편이 떠나버렸기 때문에 엘렌은 가끔 오후에 그녀를 찾아가곤 했다. 엘렌은 뤼프가 자기를 좋아한다고 믿었다. 그녀에게 여러 가지 도움을 주었고, 돈을 빌려주기도 했으며, 에두아르를 통해 약과 습

진연고를 보내주기도 했기 때문이다. 그녀는 뤼프가 좋은 이웃이라고 생각하고 있었다.

뤼프가 말을 꺼냈을 때 갑자기 그녀의 목소리가 이상해지면서 귀에 거슬렸다. 뤼프의 두 눈에는 짓궂은 기색이 담겨 있었다.
"그런데 깡패 나초라는 사람의 구역에 대해 모르나요? 의사 선생은 그자를 잘 알고 있는 것 같아서 하는 말이에요."

엘렌은 아무런 질문도 하지 않았다. 다른 여자들도 남편을 잃게 된다는 사실이 반쯤 미친 이 여자를 즐겁게 해준다는 것을 그녀는 잘 알고 있었다.

그러나 에두아르가 새벽에 집에 돌아와서 그녀에게 몸을 붙이고 누웠을 때, 그녀는 다른 여자들의 냄새, 땀냄새와 뒤섞인 코를 찌르는 자극적인 냄새를 맡지 않을 수 없었다. 그녀는 몸을 웅크린 채 사랑이 끝난 뒤의 깊은 숨소리를 들었다. 그녀는 왜 여자들이란 남자와 자는 것을 그토록 필요로 하는지 곰곰이 생각에 잠겼다.

그래도 한동안 그럭저럭 지냈는데, 어느 날 샤워를 하던 중에 치골의 털에서 묘한 벌레들을 발견했다. 투명하고, 아주 작은 게처럼 약간 옆으로 걸어다니는 놈들이었다. 그녀는 시장에서 접는 침대를 샀고 가능한 한 멀리, 방의 다른 쪽 끝에 그것을 놓았다. 그녀는 자기가 쓰려고 그 침대를 샀으나, 그 위에서 자는 것은 에두아르였다. 그는 이유를 물으려 하지도 않았다.

엘렌은 그를 다그쳤다. "나한테 이가 옮았단 말이야." 그러자 그가 비웃듯이 싸늘한 미소를 지으며 대답했다. "혹시 아이티에서 온 게 아닐까?" 그녀는 어깨를 으쓱해 보였다. "모르지. 그놈들 위에 국적이 씌어 있는 건 아니니까." 그녀는 치골의 털을 완전히 밀어버렸고, 차라리 뻔뻔스러워지는 쪽을 택했다. 에두아르는 오히려 그 모습이 에로틱하다고 생각했다. 처음에 그녀는 그것이 우연히 일어난 사고일 뿐이고, 모든 것이 전처럼 돌아가리라 믿었다. 그러나 그는 깡패 나초의 사창굴을 포기하지 못했다. 그는 타고난 성격상 창녀들을 찾아가지 않고는 견디지 못했다.

그 무렵, 밤마다 뇌우가 쏟아졌고, 화산 위에서 천둥이 쳤고, 하늘은 심장을 뛰게 하는 잉크빛으로 변해갔다. 페르방슈는 겁에 질려 엄마의 침대에서 머리를 베개 밑에 묻고 잠을 잤다. 에두아르는 새벽에 귀가했고, 옷을 입은 채로 접는 침대에서 한시까지 자다가 일어나서 다시 무료 진료소로 나갔다. 어떻게 그는 거의 매일 밤을 술꾼들과 함께 보낼 수 있는 걸까? 엘렌이 질문을 하면, 그는 냉정하고 심각한 눈길로 그녀를 바라보았다. 그의 초록빛 홍채 속에는 그녀가 이해할 수 없는 불안과 고뇌가 깃들어 있었다. 그러지 않으면 그는 기분이 상한 듯 고개를 돌려버렸는데, 마치 이렇게 말하는 것 같았다. 도대체 무슨 소리를 하는 거야. 어찌 되었든 우리는 결혼한 사이도 아니잖아. 그녀는 모든 것으로부터 동떨어진 채, 오후의 태양이 달구는 화덕 같은 그 시멘트 감방에서, 두 딸의 모기장 주변에서 모기들이 웅웅거리는 소리가 새벽까지 울리는 그곳에서, 덫에 걸린 듯한 느낌에 사로잡혔다. 담장 위에서 도마뱀들이 내는 소리는 또 어떠했던가.

페르방슈는 심하게 병이 났다. 아메바들로 인해 아랫배가 부풀어오르고, 구토를 하고, 열이 나서 몸이 불덩어리 같았다. 에두아르는 집에 없었다. 택시를 타기 위해 광장까지 비를 맞으며 달려야 했고, 병원에서 밤을 보내야 했다. 응급실의 간호사들이 의심스러운 플라길 용액을 페르방슈에게 주사했다. 에두아르는 아무것도 하지 않았다. 그는 무료 진료소가 아니라 깡패 나초의 집에 있었다. 엘렌이 그를 비난하려 하자 그는 언제나 그러듯이 조용한 목소리로 대꾸했다. "아무래도 당신은 딸들을 데리고 프랑스로 돌아가야겠어. 어쨌든 나도 여기를 뜰 거야. 전근 요청을 해두었지." 그는 처음으로 아이티에 있는 아내와 딸에 대해 이야기했다. 엘렌은 고작해야 아주 작은 목소리로 이렇게 물을 수 있을 뿐이었다. "당신에게 딸이 있다는 건 몰랐네. 이름이 뭐지?" 그러나 그는 더이상 아무 말도 하지 않았다.

천둥이 치며 폭우가 내리던 어느 날 밤, 에두아르는 집에 없었다. 두에로 강이 범람을 하여, 도중에 걸리는 모든 것을 끌고 마을을 가로질러 흘러가다가, 주요도로로 휩쓸려든 후에 저지대 쪽으로 폭포처럼 떨어져내렸다. 페르방슈가 자면서 내는 신음소리가 엘렌을 깨웠다. 엘렌이 깨어났을 때, 이미 집 안을 채우고 있는 차가운 물이 그녀의 발에 닿았다. 지금도 그녀는 그날 몸 속으로 파고들던 오싹한 전율과, 사람을 지치게 하던 더위와, 문 밑을 통해 집 안으로 들어온 차고 어둡고 무겁던 그 물의 감각을 느끼고 있다. 깜짝 놀란 엘렌은 전등을 켜고서 문 밑의 틈을 종이와 잡지와 천 따위로 막으려 했으나, 물살이 너무 셌다. 그와 동시에 세상의 정적이, 그 느릿느릿한 움직임이 그녀를 두렵게 했다. 그때 전기가 나갔다. 엘렌은 클레망스를 깨웠고, 어린 페르방슈를 팔에 안고서 모두 함께 거실의 탁자 위로 올라갔다. 그녀들은 그곳에서 아무 말도 하지 않고 서로 꼭 끌어안은 채 횃대 위의 암탉들처럼 기다렸다.

새벽에 엘렌은 밖에서 누군가가 외치며 부르는 소리를 들었다. 그녀는 에두아르가 돌아온 것이라고 생각했다. 페르방슈는 그녀의 팔 안에서 잠들어 있었다. 클레망스는 마치 병이라도 든 것처럼 몸이 차가웠고, 입을 꼭 다물고 있었다.

밖에서는 이웃인 꿀벌 치는 남자가 진흙탕에 발을 담근 채 문을 두드리고 있었다. 그는 엘렌의 집 앞에 멈춰 서 있었다. "이봐요,

괜찮아요?" 그런 상황에서 그 질문은 희극적으로 들렸다. 탁자 위에서 바깥을 굽어보며 엘렌이 소리쳤다. "여긴 괜찮아요. 고마워요." 동이 트기 시작하는 것이 유리창을 통해 보였고, 물이 낮아진 것을 알 수 있었다. 여기저기에 바닥이 드러나면서 진흙탕이 생겨났다. 그녀는 맨발로 페르방슈를 침대에 뉘었고, 클레망스와 함께 밖에 무슨 일이 났는지 보러 나갔다. 튈리판 거리는 고요한 진흙의 강이 되어 있었다. 맞은편에 있는 과수원의 하얀 벽 위에는 높아졌던 수면이 갈색의 물결 자국을 그려놓고 있었다. 부러진 나뭇가지들이 돌틈에 걸려 있었고, 판지와 천조각, 심지어 신발들도 있었다. 사람들이 손에 손전등을 들고서, 남자들은 바지를 걷어올리고 여자들은 긴 옷을 말아쥐어 허벅지 높이까지 들어올리고 물에 흠뻑 젖은 유령들처럼 경중거리며 길을 건너고 있었다. 아이들은 벌써 보도 위를 뛰어다녔고, 소리를 지르며 서로 물을 튀기고 있었다. 클레망스는 로살바 라 구에라, 피나, 샤벨라를 만났다. 그들은 한데 어울려 생쥐처럼 새된 목소리로 열띤 대화를 나누었다. 엘렌이 이제는 끝났다고, 떠나야 한다고 마음을 정한 것은, 아마도 홍수가 난 다음날 아침 진흙투성이 길을 앞에 두고 낯선 햇살을 바라보며 고독감에 사로잡혔던 그때였을 것이다. 하지만 그럼에도 그녀는 그 상태로 며칠 몇 달을 더 견뎌냈다. 모든 것이 정리되어 삶이 다시금 건강하고 아름답게 피어날 수 있다고, 그 동안의 경험을 통해 새롭게 나아갈 수 있다고 믿고 싶었기 때문이었다. 어쩌면 클레망스와 페르방슈가 거리에서 하는 놀이, 달음박질과 춤과 흉내내기와 노래 때문이었는지도 모른다. 그녀는 겨울에 그곳, 프랑스로 돌아가서 지나간 좌절의 유령들과 다시 만나는 것이 두려웠고, 수레바퀴 자국 같은 과거의 흔적 속으로 다시 떨어져 파묻히게 되지 않을까 두려웠다. 그녀의 임시거주 비자는 곧 만기가 될 것이고, 에두아르 페린이 비자를 살리기 위해 손써주지 않으리라는 것은 분명했다. 그는 크리스마스가 오기 전에 떠나기로 마음을 굳혔고, 그가 아이티로 돌아가면 모든 게 끝날 것이다. 결정이 내려진 지금, 그는 다시금 다정한 사람이 되어, 저녁마다 집에 머물며 독서를 하거나 보고서를 썼다. 그가 이웃 사람들과 잡담을 나누는 모습을 보면서 엘렌은 사람들이 그를 존경하고 있고 그가 떠난 뒤에 그를 많이 그리워할 것이라는 사실을 분한 마음으로 인정하지 않을 수 없었다.

튈리판 거리는 예전의 모습을 되찾지 못하고 있었다. 매트리스들이 밖에 널린 채 햇살에 마르고 있었고 청소를 했음에도 바닥에서는 날마다 진흙이 흘러나왔다. 진흙은 도처에 있었다. 심지어 엘렌이 차고 있는 손목시계의 유리테 속에도 들어 있었다. 또한 이상한 냄새, 지하실과 죽음의 냄새가 떠다녔는데, 사람들 말로는 공동묘지가 무너지면서 그 잔해가 마을 전체로 퍼져나갔다는 것이었다.

　엘렌이 멕시코를 떠나면서 여행가방에 담아온 것은 바로 그 끔찍한 냄새였다. 그 냄새는 그녀의 옷과 책, 심지어 딸들의 머리카락 속에도 스며들어 있었다. 마치 오래 끌던 병에서 회복된 듯했다. 2월에, 프로방스에 폭우가 내렸다. 양철지붕 위로 억수같이 쏟아지는 비로 인해 그녀는 잠을 잘 수가 없었다. 그녀는 조금만 이상한 소리가 들려도 물이 들이치는 것은 아닌가 하고 마음을 졸였다. 클레망스는 아비뇽의 고등학교에 반기숙생으로 있었고, 페르방슈는 마을의 학교에 다니고 있었다. 두 아이에게는 힘든 시기였다. 다른 아이들은 그들의 이상한 억양과 엉터리 프랑스어를 놀려댔다. 어느 날 클레망스의 반 친구들 중의 하나가 물었다. "네가 멕시코에 있었다는 게 사실이니? 거기에도 학교가 있어?"

　홍수가 난 후로, 치타가 오지 않았다. 엘렌은 그녀를 기다렸다. 아침마다 그녀는 치타가 병이 걸린 모양이라고 아니면 아마도 집안 대청소를 하는 모양이라고, 그것도 아니면 언니의 상태가 악화된 건지도 모른다고 생각했다. 아무 소식도 없이 일 주일이 지난 후에, 엘렌은 걸어서 낙하산 부대 동네를 찾아갔다. 완전히 황폐해진 마을을 보게 되리라 예상했는데, 놀랍게도 홍수는 그 동네를 비껴 지나갔다. 그들의 삶이 너무도 척박하여, 아무것도 잃지 않고 이번 시련을 넘어선 것이라고 할 만했다. 치타 아버지의 집은 비어 있었다. 누군가가 찾아왔다는 소식이 재빨리 동네 전체로 퍼져나갔고, 얼마 후에 치타의 언니가 나타났다. 그녀는 벽에 기대어 천천히 걸어왔다. 엘렌은 그녀의 창백한 이마에 혈종이 맺혀 있는 것을 보고 그 소녀가 방금 발작을 일으킨 모양이라고 생각했다. "후아나는 어디에 있어요?" 티나는 힘들게 천천히 말했다. "그애는 떠났어요." "언제 돌아오나요?" 소녀는 적당한 말을 찾는 듯 우물거렸다. "나는 몰라요. 전혀 몰라요." 티나는 동생처럼 새카만 눈을 가지고 있지 않았다. 차라리 텅 빈 눈이라고 해야 할 것 같았다. 엘렌은 가슴이 미어지는 것을 느꼈다. "전혀 모르다니요? 대체 어디로 간 거지요?" "그애는 결혼을 했어요. 이걸 전해달라고 하더군요." 그녀는 집 안으로 들어가, 후아나의 글쓰기 공책을 들고 나왔다. 쓰기 연습이 모두 끝난 마지막 장에 치타는 이렇게 써놓았다. 후아나. 고맙습니다.

 엘렌은 프로방스로 올 때 그 공책을 가져왔다. 그녀는 그 이유를 자신도 알지 못한다. 두 딸이 그린 그림들과 역사, 산수, 받아쓰기 연습장은 챙기지 않았다. 단지 이 공책뿐, 치타의 서툰 글씨로 채워지고, 마지막 장에 두 단어가 씌어 있는 이 공책뿐.

6

 페르방슈는 깊고 어두운 구멍 속으로 미끄러져 들어갔다. 사실, 그것은 그녀의 오랜 꿈이었다. 꿈속에서 그녀는 땅에 굴을 파고 그 속으로 기어들어갔고, 이윽고 두 팔꿈치를 양 옆구리에 꼭 붙였다. 두 무릎은 살갗이 벗겨졌고, 고통스럽게 몸 전체를 꿈틀거려서 간신히 전진할 수 있을 만큼의 공간만이 그녀에게 주어졌다. 그러나 그곳은 너무도 길고 너무도 좁아서, 마침내 그녀는 자신이 앞으로 나아가고 있는지 뒤로 물러나고 있는 것인지조차 알 수 없게 되었다. 그녀는 자신이 언제부터 그 방 안에 갇혀 있었는지도 더이상 알지 못했다. 몇 주 아니면 몇 달. 그녀는 때때로 몸을 일으켜 닥스가 준 가운을 걸치고는, 절뚝거리며 욕실로 갔다. 그러고는 돌아와서 다시 누웠다.

 닫힌 겉창 틈으로 보이는 바깥 날씨는 화창했고, 햇살이 비치고 있었다. 계절은 가을이거나 초겨울이었고 빌라는 소나무숲 한가운데에 있었다. 페르방슈는 소나무의 바늘잎 냄새를 맡고, 솔솔 불어오는 바람소리와 다람쥐들이 바드득거리며 솔방울을 갉는 소리를 들었다. 주위가 너무도 고요해서, 아주 작은 소리도 페르방슈의 머릿속에서는 균열을 일으킬 만큼 강한 울림을 일으켰다. 그녀는 소리들에 귀를 기울였고, 그러는 동안 그녀의 의식은

현실로부터 떨어져나와 꿈속으로 돌아가곤 했다. 그것은 맥락도 없고 끝도 없는, 멀어졌다가 다시 다가오는, 내키는 대로 나아가며 그녀를 이리저리 끌고 다니는 긴 이야기였다. 고통스럽고 끔찍한 이야기인가 하면, 추억이 스며든 감미로운 이야기이기도 했다. 때로 그녀는 카메쿠아로의 크고 차가운 호수 위에 있기도 했다. 납작한 작은 배를 타고서 비틀린 나무등걸 사이를 미끄러져 내려갔고, 저 멀리 강둑 위에서는 축제를 벌이는 마리아치들의 음악소리가 들려왔다. 왁자지껄하게 떠드는 소리, 웃음소리, 어딘가에 있는 대형 휴대용 카세트라디오에서 끊임없이 흘러나오는 들척한 노랫소리, 그리고 공터에서 소년들이 축구를 하며 지르는 소리. 또 때로는 지나간 날들의 몇 순간을 다시 살기도 했다. 충동에 몸을 맡기고서 로랑과 구시가의 술집들을 전전하며 보내던 그 무렵에, 세련된 외모의 한 남자가 계산대 위에 팔꿈치를 괴고서 그녀를 집요하게 바라보았다. 그녀는 그 시선에 사로잡혀 허공을 떠다니는 듯한 기분이었다. "왜 그래? 당신 뭘 보고 있는 거야?" 돌발적으로 폭력이 터져나와서 홀 안을 뒤흔들었다. 로랑이 바닥에 쓰러졌고, 그 위에서 로랑의 목을 능숙하고 완강하게 조르기 시작한 그 사내의 입술은 쾌락으로 일그러져 반쯤 벌어져 있었다. 그때 그녀가 주먹을 움켜쥐고서 있는 힘을 다하여 그 남자를 때렸고, 아픔도 느끼지 못하면서 그 사내의 머리카락을 끌어당기며 욕을 퍼부었다. 더러운 자식, 비열한 놈, 그 사람을 놔줘, 놔주라고! 한동안 로랑은 두 팔을 십자가처럼 벌리고서 바닥에 누워 있었는데, 목에는 붉은 자국이 나고 두 눈은 눈물로 가득차 있었다. 주위에서 사람들이 그 모습을 보며 웃었다. 페르방슈는 로랑을 일으켜세운 뒤, 두 팔로 그를 끌어안고서 밖으로 끌어냈다. 어느새 밤이 되었고, 빗물이 네온 간판에 튀며 내리고 있었다. 그녀는 그때의 장면을 의식 속에서 펼쳐지는 끔찍한 영화 속에서 되풀이하여 보곤 했다. 그때마다 심장은 그날 밤 거리에서처럼 아주 빠른 속도로 뛰었다. 그녀는 그 사내의 숨결이 자신의 목에 뜨겁게 와닿는 것을, 길바닥이 물결처럼 흔들리는 듯한 현기증을, 인생의 고독감을 느꼈다.

병이 든 것일까? 병에 걸린다는 것, 바로 그것이란 말인가? 적어도 열병은 아니었다. 그녀는 멕시코에서의 오후 시간들을 기억하고 있었다. 깊은 물 속처럼 천장이 높은 그 커다란 방에서 별 모양의 거미줄을 바라보고 있었는데, 엘렌이 빗자루로 그것을 걷어 버리려 했다. 페르방슈가 소리쳤다. "안돼요. 제발 죽이지 말아요, 내 친구란 말이에요, 나는 저것들을 사랑해요." 그리고 여기, 닫힌 방 안에서, 겨울 햇살이 비쳐들고 바깥에서는 소나무가 바람에 삐걱거리고 다람쥐 혹은 쥐들이 이 가지에서 저 가지로 뛰어다니는 이곳으로부터, 그녀는 뒤로, 추억 속으로 돌아가는 느낌이었다. 그녀에게는 매달릴 만한 것이 아무것도 없었다.

그러나 그녀에게는 자신의 뱃속에 감추고 있는 비밀이, 아무것에도 구애받지 않고 멋대로 할 수 있는 힘이 남아 있었다. 페르방슈는 비밀을 잃지 않기 위해, 남들에게 빼앗기지 않기 위해 그것을 둥글게 몸으로 감쌌다. 닥스는 저녁 무렵에 왔다. 검은 옷을 꽉 껴입고 얼굴이 몹시 창백한 그는 햇빛을 싫어해서 해변이나 공원에 가는 일이 전혀 없었으며, 뱀파이어처럼 겉창을 닫고서 살았다.

닥스는 옷을 입은 채로 매트리스 위로 올라와서 그녀의 옆자리에 누웠다. 그는 그녀에게 거의 손을 대지 않았다. 한두 번 차가운 손을 그녀의 속옷 밑으로 밀어넣어 가슴과 배를 만졌을 뿐이었다. 그는 그녀에게 말을 건넸지만, 그녀는 그가 하는 말에 귀를 기울이지 않았다. 어느 날 그녀가 전화기 가까이 서 있는 것을 발견하고 그는 분노를 터뜨렸다. "떠나고 싶으면 떠나도 돼. 그러고 싶으면 언제든지 그렇게 해. 내가 시내에 내려줄게. 말만 하면 돼. 아주 간단하다구. 전화를 걸 필요는 없단 말이야." 그는 복도에 있는 전화선을 뽑아버렸다.

처음에, 페르방슈가 빌라에 머물기 시작한 지 얼마 되지 않았을 때만 해도 닥스는 그녀를 자기 친구들에게 소개했다. 그 자리는 우스꽝스러웠지만 위협적이기도 했다. 그는 그녀에게 여름 드레스를 입혔고, 인형처럼 머리를 손질하고 화장을 시키려고 했다. 그러나 이제 그녀는 거부했다. 그녀는 자신의 배 때문이라고, 이런 모습으로 남들 눈에 보이기를 원하지 않는다고 말했다. 그러자 그는 그녀를 방에 혼자 내버려두어 그녀로 하여금 꿈속을 자유로이 돌아다닐 수 있게 했다.

페르방슈는 아무도 만나지 않았다. 때때로 그녀는 현관이나 주방 쪽에서 낭자하게 일어나는 웃음소리를 듣곤 했다. 정원에서 자동차 소리도 들려왔다. 겉창의 틈새로 내다보았으나, 자갈 깔린 길 한쪽 끄트머리와 세모꼴의 화단에서 햇살에 말라가는 풀들을 볼 수 있을 뿐이었다. 그녀는 어디선가 우두둑거리는 소리를 들었고, 뜨거운 바람결에 실려오는 소나무 타는 냄새를 맡았다. 바로 그 순간 그녀의 심장에 통증이 가해졌다. 모든 것이 너무도 생생하게 살아 있었다. 그녀는 자신이 죽은 것처럼 여겨졌다. 그녀는 타일 바닥에 앉아서, 잠옷 자락을 발목까지 덮고, 두 팔로 다리를 감싸안은 채 지냈다.

사실상 그녀는 밀크셰이크만 먹고 살았다. 닥스는 바닐라 아이스크림과 우유를 정기적으로 사다주었다. 그녀가 주방으로 가는 것은 오로지 믹서를 가동시키기 위해서였다. 간간이 클레망스와 엄마에 대해 생각했지만 그것은 멀고 느리고 흐릿한 상념이었다. 그녀는 로랑을 떠올릴 때 더이상 분노나 원한을 느끼지 않았다.

그는 그녀를 배신했고, 닥스에게 팔아넘겼다. 이제 그녀는 우스꽝스럽고 무기력한 이 작은 남자의 소유였다. 그녀 자신뿐만 아니라, 뱃속에서 자라고 있는 아이까지도.

어느 날, 닥스가 말했다. "네 언니라는 사람이 너를 찾고 있어. 아파트로 전화를 했는데, 사샤가 받아서 네가 언니와 말을 하고 싶어하지 않는다고 했다더군. 그러니 편지를 쓰도록 해." 그는 바닷가의 백사장 풍경이 담겨 있는 초라하기 짝이 없는 우편엽서를 한 장 건네주었다. 그녀는 풍경 사진 위에 해수욕하는 여자들을 밧줄로 끌어당기는 카우보이를 그려놓고서 반대편에 이렇게 썼다. "Wish you were here.*" 닥스는 그림을 보고서 이죽거렸다. "언니를 안심시키겠다 이거군." 주소가 빠져 있다는 것을 발견한 것은 그였다. 페르방슈는 클레망스가 어디에 살고 있는지조차 기억하지 못했다. 저 멀리, 보르도에서, 폴이라는 남자와 살았는데, 그가 변호사였던가 아니면 클레망스처럼 법관이었던가, 전혀 기억나지 않았으며, 별 상관도 없었다. 이사를 갔거나 헤어졌을 수도 있는 일이었다. 아무것도 더는 그녀의 관심을 끌지 못했다.

굳이 보고 싶은 사람을 꼽으라고 한다면, 그 사람은 치타였다. 페르방슈는 몇 년 전부터 치타에 대해 더이상 생각하지 않고 있었

---

*언니도 여기 함께 있으면 좋을 텐데.

는데, 지금 불량배들이 한 철 동안 불법으로 차지하고 있는 이 버려진 빌라의 정적 속에서 치타가 돌아왔다. 클레망스가 학교에 가고 나면, 엘렌은 사고로 찌그러진 페린의 르노 16을 몰고 온 마을을 돌아다녔다. 그러면 치타는 페르방슈와 집에 단둘이 있게 되었다. 치타는 장난감 상자를 약간 어둠침침한 넓은 식당에 꺼내놓고서, 분명 한 번도 다른 사람과 놀아본 적이 없는 터라 다정하고 얌전하게 페르방슈와 함께 놀이를 했다.

퉁명스럽고 무뚝뚝한 치타는 페르방슈와 둘만 있게 되면 얼굴이 갑자기 밝아져, 인형들의 옷을 벗기고 장난감 모형가구들, 찻잔, 물병, 비누, 머리빗들을 늘어놓으면서 웃음을 터뜨렸다. 페르방슈의 나이인 일고여덟 살로 돌아가서, 인형들에게 말을 시키기도 하고, 아이들의 셈노래와 노래동화, 수수께끼 노래를 들려주기도 했다. 그녀가 웃을 때면, 하얀 이〔齒〕들이 어둠 속에서 반짝거렸다. 바닥의 타일은 푸르고 차가웠고, 구름이 흘러가는 동안 번석류나무의 이파리들을 비추는 햇살이 포석 위에 그림자를 어른거리게 하고 있었다. 페르방슈는 결코 다시는 그런 순간을 경험하지 못했다.

엘렌이 딸들을 데리고 떠나기로 마음을 정했을 때, 페르방슈는 이제 다 끝났고 앞으로 치타를 다시 보지 못하리라는 것을 알았다. 그녀는 기억하고 있다. 홍수가 난 후로 모든 것이 무너져버린 것이다. 그녀는 자신이 더이상 예전과 같지 못하리라는 것을 알았다. 아마도 치타는 죽었을 것이다.

그녀는 울지 않았지만, 자기 속으로 들어가서 문을 닫아버렸고, 엄마를 미워했다. 클레망스는 이해하지 못했다. 그것은 한 번 폭발하고 난 후 잊혀지는 그런 분노가 아니어서, 페르방슈의 깊은 속에 들어 있는 원한은 매순간, 매일 더욱 완강해지고 더욱 깊어졌다. 아마도 바로 그 순간에, 자신의 또다른 사랑을 위하여 자식들의 삶을 바꾸어버리는 엘렌의 괴물 같은 이기심을 페르방슈는 깨달았던 것 같다.

어느 날 오후 저녁 무렵, 페르방슈는 빌라에 혼자 남아 국수를 삶기 위해 냄비에 물을 끓이고 있었다. 그때 바깥에서 터져나오는 고함소리가 들렸다. 아직 해가 남아 있어서 겉창의 틈으로 뜨거운 햇살이 비쳐들고 있었는데, 그 빛은 가스레인지 위의 형광등보다 훨씬 밝았다.

누군가 기묘한 새된 목소리로 소리를 지르고 있었는데, 마치 울부짖는 것 같았다. 건물의 반대편, 정원이 있는 앞쪽에서 들려오는 소리였다. 페르방슈는 방 쪽으로 걸어가서, 매트리스를 타넘고, 얼굴을 닫힌 겉창에 바싹 가져다댔다. 아직 아무것도 보이지 않았다. 그때 갑자기 그것이 로랑의 목소리라는 것을 알 수 있었다. 그가 그녀의 이름을 부르고 있었다. 그러나 겉창 틈으로는 그의 모습을 찾을 수가 없었다. 그는 참빗살나무 울타리에 가려져 있었다. 그녀의 눈에는 자갈이 깔린 출입로와 주차해 있는 자동차들의 차체가 보일 뿐이었다. 닥스의 경호원들이 멀리까지 나갔다가 돌아오고 있는 걸 보니, 경호원들이 그를 쫓아낸 것이 분명했다. 로랑은 목이 멘 새된 목소리로 저 멀리에서 페르방슈의 이름을 외치고 있었다. 그녀에게는 그의 목소리가 우스꽝스럽게 들렸다. 그 속에는 공포감이 들어 있었다. 그녀의 심장은 두려움이라기보다는 차라리 혐오감 때문에 아주 빠르게 뛰었다. 마치 모든 게 다시 시작되려는 듯했다. 그녀가 다시금 거리로 나가서 찌는 듯한 더위 속에서 바다 위의 안개와 자동차들 위의 반사광을 보고, 이윽고 땅거미가 깔려서 진열창들에 불이 켜지면 어디로 가야 할지 몰라 서성거리게 되는 일이 되풀이될 듯한 예감이 들었던 것이다.

페르방슈는 겉창의 금속틀에 이마를 대고서 꼼짝도 않고 있었다. 얼마 후, 자동차의 문들이 여닫히는 커다란 소리가 들리더니 곧 차들이 꼬리를 물고 시내 쪽을 향해 언덕을 내려갔다. 그러고는 정적이 찾아들었다.

페르방슈는 머리를 매트리스에 대고 누워, 무릎을 접어 아랫배에 붙이고서, 꿈속에서 돌아다니는 그 아이를 둥글게 감싸안았다. 그러고는 심장의 박동이 진정되어서 다시금 느리게, 아주 느리게 되기를 기다렸다. 그녀는 닥스가 돌아오기를 기다렸고, 어느덧 밤이 되었다. 저녁마다 티티새가 고통스러운 듯이 울어댔다. 그러나 그녀는 그 소리를 들으면 기분이 좋아졌다. 티티새의 울음소리는 갈매기들이 깍깍거리는 소리처럼 점점 더 강해져서, 그 울림으로 벽들 사이에 그물을 치기 시작하여 이내 방 안을 가득 채우곤 했다. 페르방슈는 멕시코에서의 밤과, 그녀를 무척이나 무섭게 했던 어둠 속의 소리들과, 침대 밑에 모기장의 가장자리를 집어넣어 일종의 갑주로 삼았던 일을 기억했다. 그 옆에서 클레망스는 그녀가 잠들 때까지 아무 말도 하지 않고 지켜보곤 했다.

닥스는 돌아오지 않았다. 그러나 자정 무렵에 다시금 소리가 들려왔다. 정원 쪽에서 불빛들이 깜박거리고 있었다. 그 불빛들은 마치 숙명적으로 예고된 것처럼 아주 빠르게 다가왔다. 경찰들이 손전등을 켜고서 방으로 들어왔다. 그들은, 꽃무늬가 새겨진 분홍색 잠옷을 발목까지 덮고서 매트리스 위에 웅크리고 있는 페르방슈를 비추었다. 여러 개의 전등 불빛을 받아 하얗게 질린 그녀의 눈에서 림멜 화장품이 얼룩져 흘러내리고 있었고, 붉은 입술은 상처처럼 벌어져 있었다. 마치 굴 밖으로 끌려나온 동물처럼 보였다. 가장 먼저 들어온 경찰이 말했다. "빌어먹을, 있을 수 없는 일이야!" 페르방슈가 들은 말은 그것이 전부였다. 그녀는 자신에게 물었다. 그런데 뭐가 있을 수 없다는 걸까?

7

타니아는 봄날 이른 아침에 세상에 나왔다. 밤새 눈이 내렸다. 페르방슈는 사람들이 그녀를 의무실로 옮길 때 관목들과 마당의 보도 위에 흰 눈이 쌓여 있던 것을 기억한다. 하늘이 푸르고 맑아서 그녀는 기분이 좋았다.

감화원에서는 출산을 예상치 못하고 있었다. 모든 일이 아주 빠르게 진행되었다. 밤에 양수가 터져서 조산원에 갈 시간이 없었다. 타니아는 감화원의 의무실에서, 안쪽에 쇠창살을 단 높은 유리창이 있는 길고 어두운 방의 시트를 깐 간이침대 위에서 태어났다. 창 밖에서는 동이 트기 시작하고 있었다. 과들루프 출신의 간호사 샤를렌과 감화소에 수용되어 있던 자닌이라는 이름의 소녀가 산파 역할도 하고, 동화 속의 요정 역할도 해서 타니아의 요람 위로 몸을 굽혀 축복을 해주었다.

분만 후에, 페르방슈는 잠이 들었다. 몇 달 동안 맛보지 못한 길고 감미로운 잠이었다. 그녀는 가족 누구에게도 알리길 원하지 않았다. 특히 엄마에게는 절대로 알리고 싶지 않았다. 게다가 엘렌은 장 뤽 살바토르와 화실과 도자기 제조소 일로 무척 바빴다. 그녀는 지구 반대편에 사는 것보다도 더 멀리 페르방슈로부터 떨어져 있었다.

페르방슈는 천에 쌓여 있는 작고 붉은 살덩어리를 경탄의 마음으로 바라보았다. 아기는 잠에서 깨어나 젖을 빨고는 작은 주먹을 꼭 쥔 채 그녀의 팔 안에서 다시 잠이 들었다. 놀라서 치켜뜬 듯한 타니아의 파란 눈이 엄마의 눈과 꼭 닮았다고, 확신에 찬 목소리로 샤를렌이 말했다. 아빠와도 닮은 것 같았지만, 페르방슈는 그 점에 대해 생각조차 하지 않으려 했다. 살아 있는 이 조그만 것은 그녀의 것, 그녀만의 것, 페르방슈가 진정으로 소유해본 유일한 것이었다. 동물을 소유하는 것과도 물건을 소유하는 것과도 달랐다. 이기적이고 개인적인 아기는 페르방슈의 생명에 연결되어 있는 어떤 것, 그녀의 생명에서 비롯되었으면서도 그녀에게 생명을 주는 어떤 것이었다.

페르방슈는 이런 일이 일어나리라고는 상상도 하지 못했다. 분만을 하고서 이틀인가 사흘 후에 감화원의 독방에 있는 침대 위에서 옆으로 돌아누웠을때, 그녀의 바로 옆에는 아주 커다란 요람 속에서 타니아가 잠을 자고 있었다. 때때로 그림자 같은 것이 그 작은 얼굴 위로 지나가면, 아기는 코를 찡그리고 눈살을 찌푸리며 딱 두 번 앵앵 하고 칭얼거렸다. 그러면 페르방슈는 아기에게 젖을 물렸다. 그러고는 함께 다시 잠이 들었다. 깊고도 상쾌한 잠 속에서 두 사람은 구름 위를 떠다녔다.

얼마 후, 페르방슈는 감화원을 나왔다. 샤를렌이 마조르라는 마을 가까이에 있는 시설을 알려주었다. 어린 미혼모들과 매를 맞고 남편에게서 도망쳐나온 여자들이 함께 사는 공동체 같은 곳이었다. 원장은 라켈이라는 머리카락이 희끗희끗한 여자였다.

정원이 있는 그 건물의 일층에 페르방슈와 아기를 위한 작은 방이 있었다. 건물 주변의 넓은 마당에는 닭과 거위, 라켈의 어린 아들인 로랑이 올라타곤 하는 털북숭이 큰 개가 있었다. 그곳은 평온했고, 튈리판 거리처럼 웃음소리와 젊음으로 가득 차 있었다.

아침이면 정원에 하얗게 서리가 내렸다. 꿀벌들이 가장 먼저 피는 꽃들을 찾아 날아다녔다. 덤불숲 속에서는 울새들이 지저귀고 있었다. 간혹 새벽녘에 밤꾀꼬리가 젊은 여자들을 깨워서 사랑의 노래를 들려주기도 했다.

페르방슈는 모든 것을 처음부터 다시 배웠다. 말하기, 노래하기, 주방일 분담하기, 아기들의 기저귀 빨기, 건물의 겉창 다시 칠하기. 라켈과 함께 자동차를 타고서 브리뇰 시장으로 장을 보러 가기도 했다. 처음에 그곳은 세상의 끝처럼 보였다. 그녀는 실로 오랜만에 시내의 거리와 자동차들과 바쁘게 움직이며 바라보는 사람들을 보게 되었다. 두려움에 몸을 떨며 라켈에게 몸을 붙이고 매달리자, 라켈이 말했다. "힘내, 당당하게 맞서야지. 이제부터는 강해져야 해."

그녀를 괴롭힌 자들의 공판이 다가왔다. 페르방슈는 마르세유에 가야 했다. 그녀는 타니아를 다른 여자들에게 맡기고, 라켈과 함께 자동차를 타고 마르세유로 떠났다. 심리를 마치고 나오다가 그녀는 법원 복도에서 닥스와 다른 불량배들, 사샤와 윌리를 만났다. 닥스는 여전히 작았고 얼굴이 누렇게 떠 있었는데, 무표정한 얼굴로 그녀를 바라보았다. 어쩌면 그녀를 알아보지 못한 것인지도 모른다. 가슴이 쿵쾅거리는 것을 느끼면서 페르방슈는 걸음을 멈췄다. 그 모든 일들이 아주 오래 전에, 아마도 다른 세상에서 일어난 것처럼 여겨졌다. 흐릿하고 서글픈 유령들이 손목에 수갑을 차고서 벽을 따라 미끄러져가고 있었다.

로랑은 그들과 함께 있지 않았다. 그가 페르방슈를 구해내기 위해 제공한 정보의 대가로 사람들은 그를 풀어주었고, 기소도 하지 않았다. 그는 약물에 중독된 어린 학생일 뿐이었고, 사람들은 그를 마약중독 치료소로 보냈다.

어느 날 저녁, 마조그의 공중전화 부스에서, 페르방슈는 로랑의 부모 집으로 전화를 걸었다. 그는 약간 거칠어진 낯선 목소리로, 제멋대로 행동하는 사내아이처럼 짧게 끊어서 대답했다. 페르방슈가 그에게 말했다. "있잖아, 나 아기를 낳았어." 잠시 침묵이 흘렀다. 그가 물었다. "딸 이름이 뭐니?" "딸이라고 누가 그러든?" 그녀가 놀리듯이 말했다. "딸을 낳고 싶어했잖아, 안 그래?" 그는 계속 말했는데, 그냥 그런 느낌이 든 건지도 모르지만 목소리가 더 가라앉고 목이 잠긴 것 같았다. "나도 아기를 좀 봐도 되겠니?" "조만간 같이 만나야지. 아직은 잘 모르겠어." 그녀가 다시 말했다. "그래, 그래, 잘 있어, 이만 끊어야 해." 그녀는 언젠가 그를 다시 볼 수 있을 것이라고 생각했다.

라켈이 그녀에게 말했다. "절대로, 절대로, 그자와 연락하지 마. 다시 만나서는 안돼. 그자가 네게 한 짓을 잊지 마. 약값으로 널 팔아넘겼잖아." 라켈은 착한 사람이지만, 그녀가 인생에 대해, 그 시커먼 구멍에 대해 뭘 알고 있단 말인가. 일단 그 구멍 속으로 떨어지기 시작하면, 바닥에, 완전히 밑바닥에 닿을 때까지 아무것도, 아무도 추락을 막을 수 없다. 그녀가 페르방슈에 대해, 그녀의 마음속에 들어 있는 생각에 대해, 그녀의 속에 뚫려 있는 그 시커먼 구멍에 대해 뭘 알고 있단 말인가. 타인들은 그녀의 추락의 들러리일 뿐, 추락의 원인은 아니었다.

그녀는 밤이 되기 전에 돌아왔다. 그녀는 마을에서부터 포도밭 사이로 난 길을 따라 혼자 걸었다. 담배를 피웠는데, 맛이 아주 좋았다. 꼬마 로랑이 언제나 그렇듯이 검고 커다란 양치기개 위에 올라타고서 풀밭을 가로질러 내려와 그녀를 맞았다. "애인을 만나러 갔다오는 거지?" 분명 그는 엄마보다는 눈치가 빨랐다. "그래. 하지만 아무한테도 말하면 안 돼." 창문이 푸른 하늘을 배경으로 빛나고 있었다. 페르방슈는 경사진 길을 걸어올라가서 여자들이 공동으로 아기들을 돌보는 커다란 방으로 갔다. 방석을 가지고 방 한가운데에 둥글게 만들어놓은, 일종의 놀이터에서 아기들은 춤을 추고 뒹굴었다. 타니아도 엉덩이를 드러낸 채 다른 아이들 틈에서 기어다니고 있었다. 페르방슈는 미소를 지었다. 그녀는 자신이 자유롭다고 느꼈다.

여름이 되었을 때, 클레망스는 폴과 함께 여행을 떠났다. 그들이 결혼한 후로 처음 맞는 휴가였다. 클레망스는 당연히 멕시코를 선택했다. 멕시코까지 가는 데는 오랜 시간이 걸렸지만, 그래도 그것은 여행일 뿐이었다. 예전에 그녀가 엄마와 함께, 페르방슈를 가나고비의 로로 할머니한테 맡겨놓고서 돌아올 생각이 없이 멕시코로 떠날 때와 지금은 사정이 전혀 달랐다.

당연히 클레망스는 아무것도 알아보지 못했다. 미초아칸 행 버스는 새로 난 고속도로 위를 달렸고, 지름길로 퀘레타, 아캄바, 모렐리아를 지나갔다. 지붕 위에 암탉들도 없었고, 길가에 웅크리고 있는 인디언 여자들도 없었다. 그들이 탄 차는 마을에서는 서지 않고 지나가는, 유리창에 선팅을 한 최우등 버스였다. 자모라 시에는, 도로 끝에 정원과 수영장을 갖춘 새 호텔들이 들어서 있었다. 자동차들로 인해 길이 막혔다.

택시가 그들을 튈리판 거리의 모퉁이에 내려주었다. 밤이 왔지만, 거리에 아이들은 없었다. 예전에 샤벨라가 살던 집의 문 앞 계단 위에 한 노파가 앉아 있을 뿐이었다. 폴이 옆에 있었기 때문에, 그 노파에게 뭔가 물어보기가 어려웠다.

폴이 감개무량한 듯 클레망스의 손을 꼭 쥐었다. "여기가 당신이 살던 곳이군." 페린 의사의 작은 집은 폐가처럼 보였다. 주방 창문 앞의 작은 정원에는 잡초들이 무성했다. 클레망스는 꿀벌 치는 사람이 살던 피나의 집을 찾았다. 유리창을 두드리자 늙은 남자가 나왔다. 그는 말랐고 초췌한 얼굴에 병색이 짙었다. 클레망스가 자신의 이름을 말했으나, 그는 기억하지 못했다. 예의상 그는 그녀에게 가족의 안부를 물었다. 반면에 그는 페린 의사에 대해서는 소상히 기억하고 있었다. 그럼 피나는? 로살바는? 카를로스 퀸토는? 그는 막연히 손을 들어 멀리, 화산들 너머를 가리켰다. 그들은 떠났고, 지금은 캘리포니아의 로스앤젤레스에 있다.

피나는 일을 하고 있는데, 곧 결혼을 할 것 같다. 카를로스는 군인이다. 로살바와 마이라는 그곳에서 학교에 다닌다. 그들은 고향에 한 번도 오지 않았다. 그들의 어머니는 우편으로 약간의 돈을 부친다. 그녀는 한 미국 놈팽이와 결혼해서 큰 저택에 살고 있고, 텔레비전과 카세트라디오가 달린 새 자동차를 가지고 있다. 그는 자기 말을 정말로 믿지는 않는 것처럼 말했다.

아이들이 보이지 않는 튈리판 거리는 춥고 축축하다. 클레망스는 폴의 손을 꼭 움켜쥔다. 그녀는 마치 그 모든 것이, 거리와 밤과 아이들의 놀이와 샤벨라, 양치기 베토, 피나, 마이라, 로살바라 구에라, 그 모든 것이 꿈이었던 것처럼 여겨진다. 실제로 산 것이 아니라 꿈을 꾼 것이다. 외치는 소리와 노랫소리, 페르방슈가 그 작은 손을 그녀의 손 안에 넣고 있었고, 아이들이 모여 서 있는 보도 옆에서 불꽃이 솟구쳐올랐고, 불티들이 어두운 하늘로 소용돌이치며 날아올라서 별들과 만나고 있었다.

# 모험을 찾아서
*Chercher l'aventure*

모험을 찾는다는 뜻의,

'이그넥스티우아'라고 불리는 축제가 열리는 동안,

그들은 모든 신들이 춤을 춘다고 말했다.

그리고 춤을 추는 신들은 여러 가지 역할로,

말하자면 어떤 신들은 새로,

또 어떤 신들은 동물로 변장을 한다고 했다.

그리고 그중에 또 어떤 신들은 벌새로,

나비로, 꿀벌로, 풍뎅이로 변신한다고도 했다.

그런가 하면 또다른 신들은 잠든 사람을 등에 업고 나와서

그것이 꿈이라고 말하는 것이었다.

베르나르디노 데 사아군, 「누에바 에스파냐 통사(通史)」

밤이 오면, 밤과 더불어 유랑자 부족, 사막의 부족, 바다의 부족에 대한 기억이 되살아난다. 그 기억은 삶에 입문하려는 시기에 있는 젊은이들의 뇌리를 떠나지 않으면서 그들을 수호하는 정령이 된다. 그 소녀는 제대로 알지는 못하지만, 랭보와 케루악*에 대한 기억과 잭 런던의 꿈 혹은 장 주네의 얼굴, 몰 플랜더스**의 삶, 파리 거리를 돌아다니는 나자***의 넋나간 시선을 자기 속에 간직하고 있다.

사실, 모든 길들이 같은 경계선에 이르고, 하늘이 저 멀리 떨어

---

* 1922~1969. 미국의 소설가, 시인. 비트 제너레이션의 주도적 작가였다.
** 영국의 언론이며 소설가 D. 디포의 동명소설의 주인공.
*** 앙드레 브르통의 작품 『나자』의 주인공.

져 있는 마당에, 나무들이 더이상 눈을 가지고 있지 않고, 넓은 강물이 회색 시멘트로 덮여 있고, 동물들이 말을 하지 않게 되고, 사람들도 그 특징을 잃어버린 마당에, 아이들이 어른의 세계에 들어선다는 것은 실로 어려운 일이다.

 열다섯 살 소녀가 분주히 오가는 트럭과 자동차들의 소음을 들으며 절벽처럼 서 있는 건물들 사이로, 매일 아침 등교하는 길을 천천히 올라간다. 그녀는 생각한다. 어쩌면 오늘 나는 이 비탈길의 끝에 닿게 될지도 몰라. 거기서 단번에 반대편으로 넘어가면, 거기에는 아무것도 없고, 땅에 커다란 구멍만 하나 패어 있을 거야.
 열다섯 살 소녀는 정오에 사람들 사이에 섞여 걷는다. 그녀는 수학과 박물학 혹은 역사-지리 시간에 선생님들의 눈을 속이고 몇 시간 일찍, 단지 몇 시간만 일찍 학교를 빠져나왔을 것이다. 그리고 지금 그녀는 달리는 크고 녹슨 기차에 올라타고 지구 반대편으로, 그야말로 끝까지, 르 아브르나 로테르담, 아니 어쩌면 요코하마를 향해 가고 있는 기분일 것이다. 그녀는 걷는다. 그러면서 그녀는 자신의 눈길과 교차하는 다른 사람들의 눈길 속에서 그녀를 다른 세상으로 데려다줄 미소나 몇 마디 말 바로 직전에 생겨나는 어떤 것, 어떤 흥분, 어떤 광채를 찾는다.
 그렇지 않으면 그녀는 자정에, 옷깃에 'SCHOTT'라고 씌어 있는, 전당포에서 산 가죽점퍼를 입고서 길 위에 서 있다. 차가운 밤 기운에 그녀의 살갗에 소름이 돋는다. 흑요석과도 같은 그녀의 두 눈 속에서 밤이 빛나고, 어둠 속에는 빛과 별과 붉은 전등과 낯설고 거대한 네온 간판들이 벌레처럼 우글거리고 있다. 그 간판들 위에는 위험한 이름들, 삶의 밑바닥에서 솟아오른 글자들이 적혀 있다.

환전소

마카리 & 프랑코

우연

로커스트

솔르다드

그녀의 심장은 멀리서 들려오는 목소리, 맞지 않는 가락의 리듬에 맞춰 뛴다. 열다섯 살 소녀는 하나의 이미지, 반사광, 불티를 찾아 어둠 속을 혼자서 걷는다. 그녀의 깊은 곳에는, 공백, 덜그덕거리는 창문, 불어오는 바람, 그녀를 스치며 나는 박쥐, 뛰고 또 뛰는 심장이 있다. 그녀는 자신이 무엇을 찾는지 모른다. 왜 마을 위에서 파도는 더 높이 치고 있는 것일까? 왜 수평선의 무한한 문들은 광장과 순환도로 너머로 열리는 것일까? 저 멀리, 이곳의 반대편에는 무엇이 있을까? 거기서는 사람이 죽지 않을까?

그러나 유랑하던 시절의 기억이 어떤 것보다도 강하다. 저녁마다, 그 기억은 청춘의 심장을 뛰게 하고, 배를 후벼판다. 아라파호, 셰이엔, 라코타, 텍사스 시절의 기억. 그 무렵에는 벽도 이름도 없었다. 물론 번지수도 없었다. 자격증도, 경찰의 중앙정보 시스템도, 가족수첩도, 공증 증서도, 두 팔 위나 발바닥 밑의 그 끔찍한 우두 자국도, 주사를 맞아 생겨난 팔꿈치 부근의 바늘 자국도, 모두 없었다. 또한 우표와 사진과 엄지손가락의 지문과 아기들의 팔목이나 죽은 자들의 발목에 감겨 있는 플라스틱 팔찌도 없었다.

그 무렵에, 달은 늑대들의 울부짖음에 떠밀려, 산 위로 거대하게 떠올랐다. 밤은 젊었고, 단번에 세상을 차지했으며, 광막한 동시에 싸늘했고, 그 속에서 신들의 눈동자가 반짝거렸다.

열다섯 살 소녀는 네거리 쪽으로 걷는다. 그녀는 자신의 관자놀이와 뺨에서 밤을 느끼고, 밤의 차가운 손바닥이 눈꺼풀을 누르는 것을 느낀다. 그녀는 자신의 발짝 소리가 자기의 몸속 깊은 곳에서 울리는 것을 듣는다. 그녀는 자신이 무엇을 찾는지, 무엇이 자기를 찾을지 알지 못한다.

 아마도 누군가가 어둠 속에서, 문들이 나 있는 길모퉁이, 건물 마당의 후미진 곳에서 그녀를 엿보고 있다. 저 멀리, 붉은 띠 모양의 도로들이 용암처럼 흐르고 있다. 헤르츠 파(波)의 지지직거리는 소리들이 서로 부딪치고 서로 반사하고, 동물들이 미쳐 날뛰고, 우주의 심연으로부터, 역사의 밑바닥으로부터 목소리가 들려온다. 누군가가 두 손바닥으로 그녀의 양어깨를 쳐서 그녀를 그 길 위로 밀어낸다. 계속하여 그녀를 밀어댄다. 그러나 그녀는 밤의 문이 어디에서 열리는지 알지 못한다.

 아이들은 몸을 둥글게 웅크리고 꿈을 꾼다. 그들은 겨울 고슴도치들이다. 아이들은 호랑이들이 포효하고 늑대들이 짖는 소리를 듣는다. 그들은 모두 기억하고 있다. 건물 지하실에는, 예전에 시체를 먹어치우는 토끼들이 있었던 것처럼, 지하세계 사람들의 무리가 살고 있지 않을까? 밤이 찾아든 바둑판 무늬 광장 위에는, 말을 먹는 유랑자들이 달빛에 검을 번득이면서, 리본을 매단 창으로 시리우스 별을 가리키며 뛰어다니고 있지 않을까? 지금 그녀의 얼굴에 와닿는 것은 그들의 숨결과 그들의 차가운 시선이고, 심장 속에서 뛰고 있는 것은 그들이 내달리는 리듬, 그들이 밤에 타는 말들, 바람결의 풀처럼 쓰다듬는 그들의 손길이다.

그것들을 보고, 그것들을 듣기 위해, 소녀는 자정에 방을 나선다. 그녀는 몸에 꼭 끼는 청바지와 가죽점퍼를 갑옷 삼아 입고, 빗물 홈통을 타고 아래로 미끄러져 내려와 유년 시절의 그 안온한 공간, 장밋빛 잠자리와 꽃무늬 방석, 아이의 숨결, 사진들과 미키마우스 앨범들, 비에 젖어 축축한 해변에서 주워온 조가비들, 솔방울들, 그 모든 것들로부터 달아난다. 너무도 잔잔한 강물처럼 흐르는 그 달콤한 잠으로부터 달아난다.

그녀는 멀리 떠난다. 저쪽, 그녀 앞에 일직선으로, 학교로 통하는 길이 끝나는 곳에, 정말로 놀랍게도 본 적 없는 동굴이 있고, 그 동굴이 그녀를 부르고 있기 때문이다. 그리고 그 이름들, 그 위험한 이름들이 그 속에서 울려나온다.

마르브 메모　　　　　　　　엠포리오

　　　　　　　　　　　　　오베르 쉬르 와즈

　　　리브

사튀른


그 이름들은 각기 하나의 비밀, 똬리를 튼 비밀, 자유로워진, 그리하여 깨물려는 듯 튀어오르고 솟구쳐오르는 한 순간, 하나의 섬광이다.

 차가운 밤 기운데 그녀의 살갗에 소름이 돋는다. 밤이 그녀의 의복이다. 하늘이 땅에 바싹 맞붙어 있고, 가위의 날이 천의 매듭을 풀고, 묶인 끈과 허리띠의 고리를 자른다. 밤은 발가벗고 있다. 장애물, 배지와 깃발들과 너무 많이 씌어진 책들과 인간들의 법이 인쇄되어 있는 약전들은 무너져내린다. 밤이 그것들을 닫아버리고, 지워버린다. 도시가 부서지는 파도처럼 움푹 꺼진다. 건물들의 뿌리가 드러나고, 붉고 번들거리는 것들, 내장들이 밖으로 노출된다. 시계추를 잠재우는 침묵이 자리잡는다. 한기가 그녀 속으로, 너, 무한의 시계바늘 속으로 들어온다.

 열다섯 살 소녀는 자신의 얼굴 위에서, 배의 살갗 위에서, 가슴 위에서 밤을 느낀다. 온몸의 털이 하나하나 곤두선다. 살갗의 모공들이 각기 하나의 눈이고, 그녀는 저 모든 별들, 그 모든 말들, 그 모든 시선들이 기다리고 있음을 느낀다. 그녀가 지나가는 순간, 왼쪽에서, 오른쪽에서 손들이 뻗어나온다. 그녀는 자신의 심장이 우주의 밑바닥에서, 자신의 목에서, 뇌 속에서 펄떡거리며 뛰는 소리를 듣는다. 그녀는 허벅지 사이에서 혀가 자라나와, 바닥으로, 가장 뜨겁고, 가장 비밀스럽고, 가장 고통스러운 지점, 그녀의 삶이 시작된 지점, 그녀를 어머니와 이어주는 지점, 지속적으로 피를 보내고 있는 배 한가운데의 그 지점까지 뻗어나가는 것을 느낀다.

그녀는 기억이라는 것이 무엇인지 모른다. 그녀의 뒤에는 아무 것도, 그녀의 이름과 침 속에도 아무것도 없다. 단지 아직 고동치고 수축하고 피를 보내고 있는 그 지점만이 있을 뿐. 밤이 그녀의 살갗을 감싼다. 밤이 손가락의 지문들 위에서 삐걱거린다.

그녀는 자기를 따라오는 것, 앞으로 따라오게 될 것이 무엇인지 모른다. 멀리서 울리는 음악소리가 들리는 듯하다. 어둠 속에서 검은 피부의 여인이 소리치고 있고, 그녀의 배가 찢어지면서 별처럼 빛나는 붉은 아이가 밖으로 나와 땅바닥에 떨어진다. 이윽고 유방에서 젖이 흐르고, 허공으로 뿌려지고, 하늘에 하얀 길을 그리고, 살아 있는 아이의 입 속으로 흘러든다. 낮이 되기까지는 오랜 시간이 걸린다. 다시 나온 해가 어느새 뜨겁게 타오르고 있을 때, 사막의 대상(隊商), 무표정한 얼굴의 남자들, 이미 늙어버린 아이들, 갓난아기들처럼 끙끙거리는 늙은이들은 다시 걷기 시작한다. 맹금들이 하늘을 날고, 오소리들과 여우들이 땅에서 파낸 태반을 나눠먹는다.

그녀는 몸에 끼는 옷을 입고서 어둠 속을 걷고 있다. 그녀의 두 눈은 경직되어 있다. 도시가 부서지는 파도처럼 움푹 꺼진다. 도처에서 악이 나타나, 창녀들이 들끓는 호텔의 복도와 부르주아들의 응접실에서 어슬렁거리고, 거대한 화면 위에 여인들의 성기가 조개처럼 열려 있다. "훔쳐라!" "부숴라!" "가져라!" "즐겨라!" "찾아라!" 단음절의 말들이 도시의 웅얼거리는 심장으로부터 튀어나와 순환도로 쪽으로 내닫는다. 말들은 동물처럼 달리고, 도살장의 동물처럼 탄식하며 울부짖는다.

어둠 속에서 열다섯 살 소녀는 두려워한다. 그녀는 자기 발자국 소리를 듣고, 피부에 와닿는 숨결을 느낀다. 그러나 자신이 무엇을 찾는지, 무엇이 자기를 찾을지도 모르는 채, 계속해서 앞으로 나아간다. 아마도 그것은 어떤 이름, 누군가의 손, 어떤 소년의 냄새, 그녀를 이 세상과 이어주는 그 뜨거운 지점까지 울려퍼지는 어떤 목소리일 것이다.

숲속의 넓디 넓은 빈터가 달빛을 받고 있다. 밤이 얼음 위에서 빛난다. 늑대들의 울음소리가 얼어붙어서, 서리 모양의 수정이 되어 늑대들의 주둥이에 매달려 있다. 그녀가 서 있는 곳에서, 도시의 불그스름한 심장을 볼 수 있다. 하늘은 보이지 않고, 숨결만이 느껴진다. 악마들은 없다. 살아 있는 시체들은 없다. 살인자들과 마약중독자들이 있지만 아무것도 변하지 않았다. 유랑자 부족, 사막의 부족, 바다의 부족, 떠다니는 구름 밑으로 난 길을 걸어가는 부족 돌을 둥글게 늘어놓고 구리를 녹여 살갗에 방울방울 떨어뜨려 자기들의 흔적을 남기는, 영양의 가면을 쓰고 나비의 날개를 단 부족이 그들을 머금고 있던 꿈으로부터 나왔다.

열다섯 살의 그 소녀는 자신의 방을 떠나 진짜 삶 속으로 들어가야 한다. 그녀는 그것을 알고 있다. 그녀는 그들을 보고, 그들을 기다린다. 그들은 그녀의 뱃속에 있다. 그들은 그녀의 시선으로부터 나온다. 그들은 그녀의 창조물들이다. 그녀는 지식도 기억도 없다. 그녀의 눈, 가슴, 어깨, 검은 강물처럼 흘러내리고 있는 머리카락, 그녀의 육체는 어둠처럼 단단하다. 그녀는 바깥으로, 랭보의 시구들 위로 스며든다. 그녀를 바라보는 것들 앞으로, 그녀를 부르는 것들 쪽으로 다가간다. 그녀의 뱃속에는, 엄청난 허기, 살고자 하고 잡으려 하고 잡히려 하고 태어나고자 하고 태어나게 하고자 하는 허기가 들어 있다. 그녀는 어둠 속에서 메조라나, 말라구에냐를 연주하는 갱바르드\*의 삑삑거리는 소리를 듣는다. 그 음악소리는 그녀의 이름을 한 번 더, 한 번 더, 반복하여 부

---

\* 입으로 불어 소리를 내는 악기의 일종.

른다. 그녀는 그녀다. 그녀는 오래된 유랑자 부족, 사막과 바다의 부족, 동굴과 계곡의 부족, 숲과 강의 부족의 일원이다.

그녀는 어둠 속으로 스며든다. 그녀는 자유다. 그녀는 사라진다.

# 호텔 솔리튀드

*Hôtel de la Solitude*

에바에게 그것은 다른 생, 무제한의 시간에 대한 기억이었다. 그녀는 바다를 향해 모험을 떠나는 대형 여객선을 타고서, 이 항구에서 저 항구로, 베네치아에서 알렉산드리아로, 혹은 코르테스 해\*로, 토폴로밤포\*\*에서 라파즈\*\*\*까지 여행하며 평생을 호텔에서 지냈다. 그녀는 모든 것을 경험했다. 축제가 벌어질 때는 사랑과 환희를 만끽했고, 연기처럼 허망한 부유함과 명성도 누렸다. 그러다 도시를 전전하는 중에 모든 것이 녹아버렸고, 초라한 파티에서 거짓 연인 역할을 하기도 했다. 그리고 이제 홀로 사는 늙은

---

\* 멕시코 북서부 태평양 연안에 있는 만. 캘리포니아 만이라고도 부른다.
\*\* 코르테스 해 연안의 항구도시.
\*\*\* 코르테스 해 연안의 항구이자 휴양도시.

여자에 불과한 그녀에게는 풍요로운 추억만 남았을 뿐이었다.

그녀가 지냈던 호텔방들은 화려하기도 했고 지저분하기도 했으며, 인생의 과장된 그림자가 그러하듯이 장엄한 동시에 비장했다. 아무것도 모험을 가로막지 않았지만, 이제 사랑의 열기는 사라지고, 얼굴들은 희미해지고, 삶으로부터 조금씩 계속 물러나서, 감미로운 슬픔만이 감돌 따름이었다. 지금, 알무네카르*에 있는, 그녀가 지어낸 것이나 다름없는 이름을 가진 호텔의 이 방, 처음부터 그녀에게 운명지어져 있던 이 방에서, 그녀는 자신이 겪은 모든 것, 경험한 모든 것을 반추하고 있었다. 그녀가 무엇보다도 좋아했던 것은, 계단 아래쪽에서부터 체로 거른 듯이 들려오는 도시의 요란한 소음에 자신을 맡기는 것이었다. 도시들은 모두 다르면서도 또한 너무나 비슷했다(메리다에서 마차들이 내는 소음, 콘스탄티노플의 군중, 도쿄의 소란스러움). 어느 순간 헛되이 소멸되지 않기 위해, 그녀는 탁자 위에 같은 책들을 펼쳐놓았다. 날마다 그녀는 『아프리카의 인상』**,『나자』,『시선집(詩選集)』의 한 페이지를 넘겼는데, 그것은 이를테면 죽음을 물리치는 의식과 같은 것이었다. 그녀의 뇌리에는 자주 레이몽 루셀의 차갑게 식고 이미 뻣뻣하게 굳어 있는 몸이 떠오르곤 했다. 호텔 종업

---

\* 에스파냐 안달루시아 지방에 있는 휴양도시.
\*\* 레이몽 루셀의 소설 제목.

원들은 그의 시체를 멀리 가져가 방을 전처럼 반들반들하고 비현실적인 상태로 만들어 놓았다. 또 그녀는 젊은 몬테비데오 남자에 대해, 이름 모를 한 호텔방에 쓰러져 있던 그의 핏기 없던 얼굴에 대해 자주 생각했다. 그녀는 더블 침대에 누워, 담배연기가 천장에 읽을 수 없는 글자들을 그리는 것을 바라보며 몽상에 잠기곤 했다.

다른 세계에 대한 기억, 거울에 눈이 부셔 보지도 못하고 지나온 세계. 이곳에서, 처음으로 그녀는 진부한 실내장식, 철제 봉에 매달려 있는 나일론 커튼, 벽에 달려 있는 등(燈), 풍차와 강과 선박의 모습을 담고 있는 저 그림들 속에 숨어 있는 위험을 감지했다. 모든 것이 사라져버린 지금(그녀 자신조차도 닿을 수 없는 곳에 있는 지금), 위험이 주는 감미로운 전율밖에는 남은 것이 없었다. 황혼녘의 만남을 위한 사랑의 신호와도 같은, 가볍게 문 두드리는 소리. 그녀는 서두르지 않고 천천히 일어나서, 맨발로 타일 바닥을 밟으며 문 쪽으로 걸어갔다. "차 가져왔습니다, 부인." 객실 담당 직원은 나탕을 닮았다. 부드러우면서도 섬뜩한 빛이 번득이는 가늘고 긴 눈이 그러했다. 그는 창가의 낮은 탁자 위에 쟁반을 내려놓고는, 손에 지폐 몇 장을 쥐고서 방을 나갔다. 아무것도 서두를 필요가 없었고, 그녀도 아무것도 요구하지 않았다. 단지 고독이라는 보상을 제외하고는. 그것이 그녀가 신기루와도 같은 자신의 육체와 목소리와 욕망, 남자들이 그녀의 눈빛에서 읽어내곤 했던 그 욕망을 넘겨주고서 그 대가로 인생으로부터 받은 유일하게 귀한 것이었다.

에바는 콜론*의 워싱턴 호텔에서 나탕과 함께 보낸 날들, 바다를 바라보고, 운하를 통과하기 위해 먼바다에서 비를 맞으며 기다리고 있는 선박들을 바라보며 보낸 날들을 기억하고 있었다. 그들은 함께 어두운 도시의 거리들로 모험을 떠났다. 오케스트라가 '핀단'을 연주하는 것을 들었고, 지성소의 문 앞에서 삼각형 모양으로 피워놓은 불과 과일 봉헌물들을 앞에 두고서 춤을 추는 중년 여자들을 보았다. 그런 뒤에 그들은 새벽에 돌아왔다. 커다란 호텔은 운하를 통과하려고 대기하는 중 대양으로부터 불어오는 바람에 삐걱거리는 목제 선박과 흡사했다. 몇 년 후에 나탕은 죽었고, 그녀는 다시는 콜론으로 돌아가지 않았다. 부에노스아이레스에 있는 레볼루시온 호텔의 스위트룸에서 그녀는 자동차들의 물결을 내려다보았고, 사고로 인한 소음과 경찰차의 사이렌 소리를 들었다. 거리를 배회하다가 코리엔테스라는 술집에 들렀고, 그곳에서 오네티를 만났다. 그리고 콜리마**의 카지노 호텔에서는, 플라스틱 나무들로 장식된 긴 진입 통로의 환풍기 아래에

---

* 파나마 콜론 주의 수도.
** 멕시코 중서부 콜리마 주의 수도.

서, 룰포의 둔하면서도 주저하는 듯한 모습을 보려고 기다리다가 허탕을 친 적도 있었다.

이곳, 알무네카르(바나나 해)에는 무엇이 남았을까? 이 모든 방들과 살롱, 바와 로비들, 이곳에서 그녀는 시간을 잡아두는 법을 알지 못했다. 사진이나 장식품 대신에, 그녀는 컵받침 위에 사과 등의 과일을 올려놓고 그 과일이 여자의 얼굴처럼 날마다 늙어 가고 주름지는 모습을 지켜보았다.

수위나 야간 당직자와의 가벼운 대화들. "여기에 오래 머무르실 예정인가요, 부인?" "내가 마음에 드나보죠?" "곧 우기가 시작될 겁니다. 비성수기, 죽은 계절이 되는 거지요." "그러니까 바로 내 계절이 다가온다는 말이군요." 그녀는 무엇보다도 관광객들의 리듬에 따라 사는 도시들, 치체스터\*, 에트르타, 비아리츠\*\*, 시라쿠사, 탕헤르, 알렉산드리아를 좋아했다. 이곳, 알무네카르의 호텔 솔리튀드\*\*\*에서, 에바는 더이상 가진 것도 없었고, 계속 살아갈 돈도 없었다. 단지 행복한 기억들, 영원회귀에 대한 꿈, 곧 영원히 떠나게 될 숙명에 대한 거의 전적인 확신뿐. 우리는 아무것도 선택하지 않는다. 그저 이렇게, 가볍게 몇 번 방문을 두드리

---

\* 잉글랜드 웨스트 서식스 주의 주도(州都).
\*\* 프랑스 남서부 아키텐 지방의 도시.
\*\*\* 우리말로 번역하면 '고독 호텔'.

는 소리, 정적, 그런 뒤에 차갑게 식고 이미 뻣뻣하게 굳어 있는 몸. 사람들은 그 시체를 망각을 향해 실어가고, 계단에서 하얀 옷을 입은 천사가 서글프면서도 섬뜩한 눈으로 바라본다. 그저 이렇게 될 뿐이다. 그리고 어느 잊혀진 작은 원탁 위에, 덩그라니 놓여 있는 차 한 잔.

# 세 명의 여자 모험가

*Trois aventurières*

## 수

 열여섯 살이 되던 날에, 수는 부모 집을 떠났다. 그녀는 미국 북서부의 작은 마을에서 살았는데, 마을 이름은 몰린이라고 해두자. 그 마을에는 주요도로가 하나뿐이고, 약국, 낚시도구 가게들, 카페와 바를 겸한 식당, 시청, 학교가 있고, 길 양쪽 끝에 정비소가 하나씩 있는데, 한쪽은 셰브런이고 다른쪽은 샘록으로, 각기 타이어와 농기계 수리를 전문으로 하고 있었다. 그녀는 그 마을에서 태어났고, 집(그 동안 바닥에 까는 융단의 색깔이 한 번 바뀌었을 뿐이다)과 세인트 존 공립학교를 오가며 십육 년을 보냈다. 그녀는 여자친구들이 많았고, 열세 살에 초경을 치른 후로 남자아이들과 어울리기 시작했다. 그녀의 아버지는 딸이 만나는 남자아이들을 못마땅해했는데, 특히 에디라는 녀석은 불손한데다가 건달기가 있다며 싫어했다. 어느 날 에디는 아무짝에도 쓸모없는 녀석이라고 말하는 아버지에게 수가 말대꾸를 하자, 아버지는 그녀의 뺨을 때렸다. 그러나 그것이 가출을 결심하게 된 동기는 아니었다. 세상은 실로 넓고, 몰린은 너무 좁았다. 하나뿐인 거리는 외계인을 위한 활주로처럼 벌판 위를 가로지르고 있었고, 밤에는 기차들이 귀에 거슬리는 소리를 내며 마을을 지나 미지의 곳으로 달려갔다. 그 무렵에 이미 수는 지금 내가 알고 있는 모습을 갖췄다. 큰 키에 당당한 체격, 진한 금발 머리, 똑바로 정면을 응시하는 시선, 고른 치열. 그녀는 어머니를 닮았다. 삶은 그녀의 부모를 소진시켰는데, 딱히 근심거리가 있었던 것은 아니었고, 말하자면 식물들이 그 자리에서 시들고 말라가는 것과 같은 이치였다.

그녀는 아무 말도 하지 않았다. 그녀의 부모 역시 아무 말도 하지 않았다. 단지, 열여섯 살이 되던 날, 항상 하는 타령으로 아버지가 불평을 늘어놓았다. "너한테 돈이 너무 들어간다. 너도 일자리를 찾아야겠다." 그러자 수는 가방을 집어들고, 그 동안 모아둔 돈을 바지 주머니에 집어넣고서 집을 떠났다. 그녀는 아무에게도, 에디에게조차 말하지 않았다. 할말이 없었다. 그녀는 시카고행 그레이하운드를 타고서, 일자리가 많은 동부로 갔다. 그녀는 필라델피아의 카페에서 일 년간 일했다. 삶은 그런대로 즐거웠다. 그러나 한 남자와의 사이에서 문제가 생겼고, 그녀는 다시 가방을 챙겨 남쪽으로, 애틀랜타로 갔다. 그녀는 약국에서 현금출납원으로 일하고 프랑스 빵집에서 판매원으로 일하는 등 온갖 종류의 일을 했다. 열아홉 살이 되어 돈을 조금 모았을 때, 그녀는 부모를 다시 보고 싶었다. 그녀는 그레이하운드를 타고서, 밤사이에 시카고에 도착해서 아침까지 몰린 행 장거리 버스를 기다렸다. 대합실 안에서 보내는 시간은 따분하기 짝이 없었고, 사내들이 어슬렁거리며 그녀를 덮칠 기회를 노리면서 되지도 않는 말을 지껄여댔다. 얼마 전부터 그녀는 자신을 방어하는 법을 알고 있었다. 애틀랜타에 있을 때, 같은 카페에서 일하던 흑인 여자가 칼을 주며 가방 속의 담뱃갑 옆에 넣어두게 한 것이다. 그러나 그녀는 그것을 사용할 필요를 전혀 느끼지 않았다. 버스는 여덟시에 떠났고, 아홉시 이십오분에 몰린에 도착했다. 비가 내리고 있었다. 그녀는 큰길을 걸어갔다. 그녀는 모든 것을 기억했다. 아무것도 변하지 않았다고 해야 할 터였다. 다만, 그녀가 에디를 만나곤 하던 카페는 예외였다. 그곳은 과자 가게가 되어 있었다. 그녀는 껌을 사고, 시청을 지나 길을 건넜다. 부모와 함께 살던 작고 하얀 집은 그곳에, 잔디가 자라고 있는 비탈과 비료 때문에 시들어버린 푸른 소나무와 함께 그곳에 있었다. 주방에서 TV 소리가 들려왔다. 그녀의 어머니는 머리에 헤어롤을 만 채 커피를 타고 있을 터였다. 초인종을 눌렀을 때, 문 안쪽에서 시끄럽게 개가 짖었다. '뭐야? 개를 키우고 있나?' "무슨 일이지요?" 어머니의 목소리가 아니었다. 그녀는 자신의 이름을, 부모의 이름을 말했다. 문틈으로 주인 여자가 그 사람들은 떠난 지 이미 일 년이 넘었고, 주소도 남기지 않았다고 대답했다. 아무도 그들이 어디로 갔는지 알지 못했다. 수는 어떻게 해야 할지 몰라 한동안 거리를 걸었다. 비가 내리고 있었고, 여하튼 그곳에서 아무것도 할 일이 없었던 터라, 버스 터미널로 돌아가 시카고 행 첫 버스를 탔다. 그곳에서 그녀는 남쪽으로 다시 떠났다.

### 로사

로사는 어렸을 때 자모라(멕시코 미초아칸 주)에서 살았는데 아주 일찍이 자신이 다른 사람들과 같지 않다는 사실을 깨달았다. 수녀들이 운영하는 학교에 다닐 때, 그녀는 다른 여자아이들과 똑같은 교복을 입었다. 스커트와 세일러 칼라가 달린 푸른 셔츠와 하얀 짧은 양말과 회색 재킷 차림이었다. 그러나 그녀는 다른 소녀들과 같은 세계에 속해 있지 않았다. 그녀들의 이름은 에

르난데스, 아케베도, 구티에레스, 로페스, 아얄라였다. 또 어떤 여자아이들은 이름이 레티, 샤벨라, 루르데스, 아라셀리인가 하면, 바르바라나 카티라는 이름도 있었다. 그 아이들은 부모들과 함께 그란데 강으로 멱을 감으러 가곤 했다. 로사는 그들을 원망하지 않고, 연민도 원한도 없는 눈으로 바라보았다. 그러나 호감 같은 것도 없었다. 그녀는 잊을 수 없었다. 고모들은 그녀에게 끊임없이 같은 말을 반복했다. 이거 하지 마라, 저거 하지 마라. 너는 베르두즈코 출신의 여자다. 그런 말을 해서는 안 된다. 베르두즈코 여자는 그렇게 말하지 않는다. 방과후에 그녀가 부러운 시선으로 바라보았던 것은, 놀려고 광장으로 뛰어나가는 아이들, 저녁마다 산 프란시스코 교회의 작은 정원 앞에 모여들어 막대과자와 피망사탕을 빨아먹는 아이들이었다. 고모들의 검은 드레스 자락 사이로 자주 훔쳐보곤 했던 것은, 경찰에 쫓기며 들고양이처럼 길을 가로질러 겅중거리며 뛰어다니는 누더기를 걸친 가난한 아이들이었다. 그 아이들은 도둑질을 하고 날치기를 했다. 아버지는 말하곤 했다. "천한 것들! 모두 살인자들의 종자야." 때로, 로사가 보는 앞에서, 그들 중의 하나가 경찰관에게 팔이 붙들린 채 시커매진 얼굴로 눈빛을 단검처럼 번득이며 지나갔다. 그 아이를 아무도 모르는 곳, 저 멀리, 모든 악의 온상인 멕시코의 한 감옥으로 데려가는 것이었다. 그런 중에 그녀의 머릿속에 어떤 생각이 자리를 잡았다. 그녀는 그 생각을 아무에게도 말하지 않았다. 그러나 끊임없이 그 생각을 머리에 떠올렸고, 그 생각은 그녀와 함께 성장하여 점점 더 강해지고, 점점 더 분명해졌다. 언젠가 그녀는 아이들을 가질 것이다. 그러나 그녀는 지주나 공증인의 아이를 가지지는 않을 생각이었다. 그녀의 아이들은 장차 의사, 약사, 혹은 딸기 상인이 되지는 않을 것이었다. 분명코, 그녀의 자식들은 얼굴이 시커멓고 털이 덥수룩하고 버려진 고양이처럼 병든 도둑들, 욕설과 불경한 말밖에 모르는 자들, 거짓말을 하고 물건을 훔치고 심지어 살인까지 할 수 있는 자들이 될 것이었다.

성장하여 남편감을 찾아야 할 나이에, 로사는 버려진 아이들을 찾아다녔다. 차도 아래쪽에 있는 한 낡은 건물에서, 그녀는 열 명, 스무 명, 다시 쉰 명의 아이들을 거두어들였다. 이제 그들은 삼백 명이 넘었다. 그녀는 그들을 모두 교육시켰고, 먹을 것과 입을 것과 더불어 그들이 아이들의 공화국 속에서 각자 자기 자리를 가지게 해주었다. 직업교육을 시켰고, 규율과 책임감을 심어주었다. 그녀는 모든 아이들에게 이름을, 그토록 소중하고 귀한 베르두즈코라는 이름을 붙여주었다. 그 강력하고 풍요로운 이름을. 로사는 멕시코, 모렐리아, 과달라하라의 길 위에 내던져진 그 수백 명 아이들의 유일한 어머니이다. 그 도둑들, '살인자들의 종자'. 끈끈한 유대로 맺어진 마약복용자들. 그들은 길 잃은 개처럼 경찰에게 붙잡혔다가, 감옥에서 나오면서 '대가족'의 일원이 되었다. 그들과 함께 있으면 로사는 아무도 두렵지 않다. 돈이 떨어지면, 그녀는 소형 트럭을 타고 바지오의 부락들을 돌아다니면서, 확성기를 입에 대고서 돈을 주지 않은 자들, 비열한 자들, 인색한 부자들의 이름을 소리높여 외친다. 아버지의 날이면, 로사의 최하층민들은 색이 바랜 제복을 입고서 거리를 행진한다. 지금도 로사는 고모들의 검은 드레스 자락 사이로 버려진 아이들을 훔쳐보던 시절을 기억하고 있을까? 그녀는 그때 자기 속으로 들어와서 이후 단 한 번도 그녀를 떠나지 않았던 그 결심, 그 힘을 기억하고 있을까?


알리스

알리스는 지난 세기말에, 부유하고 평온한 가정에서 태어났다. 그녀는 누구도 그럴 수 없을 만큼 부모를 사랑했다. 그녀의 어머니는 무척 우아하고 사려 깊었고, 그녀의 아버지는 마르고 완고하고 천성이 선하면서도 어딘가 어수룩했다. 그녀가 아직 어린아이였을 때, 그녀의 집은 파산했다. 그 일은 다른 세계에서처럼, 1차 세계대전의 난리통으로부터 멀리 떨어진 모리셔스*에서 일어났다. 알리스의 남자 형제들은 하나씩 떠났다. 그들은 런던으로, 파리로 공부를 하러 갔고, 여행을 했다. 그들은 먼 곳에서 결혼을 했다. 알리스, 그녀는 섬에 남았다. 집에는 연약하고 병든 여동생이 있었다. 너무도 착하고 위태로운 아버지와 어머니가 있었다. 파산을 한 후에 그들은 페닉스 쪽에, 비가 많이 내리는 고지의 아담한 집에 피난처를 마련했다. 알리스는 삶과 정신적 활동과 시를 사랑했다. 그녀는 단순히 머리가 좋은 정도를 넘어서 무척 총명했다. 그토록 빨리 지나가버린 젊은 시절을 입에 담을 때면, 그녀는 이렇게 말한다. "집을 나서면, 애인들이 생겼다." "프랑스로 가는 것, 그것은 꿈이었다." 그러나 그녀는 이미 다른 사람들과 같은 삶을 살 수 없으리라는 것을 알고 있었다. 그녀는 벌써부터 그 사실을 깨닫고 있었다. 결혼을 하지 않을 것이고, 아이를 가지지도 않을 것이었다. 그녀는 그 섬을 벗어나서 세상을 알고 파리를 보고 그곳에서 열릴 것이라 상상되는 기발한 축제에 취할 수 있기를, 유적들, 박물관들, 공원들, 그리고 여러 가지 음악을 접할 수 있기를 실로 열렬히 원했지만, 그것이 한낱 꿈이라는 것을 알고 있었다. 인생은 오슬레** 놀이 같은 것이고, 그녀에겐 나쁜 패가 떨어졌다는 사실을 스스로 인정하지 않을 수 없었다. 삶이라는

---

\* 아프리카 동쪽 인도양 남서부에 있는 섬나라. 1715년에서 1810년까지 프랑스의 식민지였다.
\*\* 양의 발목뼈로 만든 패를 던지고 잡고 흐트러뜨리는 놀이.

것, 그녀는 여동생과 부모, 허약하고 당장이라도 부서질 것 같은 이 세상의 유일한 수호자였다. 꿈을 실현할 수 없었으므로, 알리스는 비록 한 순간의 행복을 위해서라도, 자신의 불행한 운명에 등 돌리지 않는 쪽을 택했다. 다른 사람들은 행복하게 살 것이었다. 다른 이들은 남편과 아이들을 가질 것이었다. 그들의 집은 시끄러운 소리와 부산한 움직임과 환상과 축제로 가득 찰 것이었다. 그 누가 가난하고 명석하고 그토록 유별난 여자를 원하겠는가? 사람들을 위하여 알리스는 스스로 원하는 이미지를 자신에게 부여했다. 정력적인 얼굴, 어둡고 탐색하는 듯한 눈길, 항상 근엄한 옷차림의 크고 마른 그 여인은 주변 사람들, 허약하기 짝이 없고 행복을 찾기에 급급한 가련한 남자와 여자들을 신랄하게 비난하곤 했다. 세월이 흘렀지만, 그녀의 몸을 감싸고 있는 갑옷은 손상되지 않았고, 시선의 날카로움은 무뎌지지 않았다. 위기의 시절, 자신들의 이득을 건지기 위해 기꺼이 세상을 희생시키려 드는 부자들의 탐욕스러움, 전쟁, 사람들은 겁에 질려 같은 말을 반복해서 외쳤다. "일본인들이 온다. 그들의 배가 저기에 있다." 비참한 처지에 놓인 아이들, 버림받은 여자들, 굶주림으로 죽어가는 개들, 알리스는 적으나마 자기가 가진 것을 그들과 나누었다. 그녀는 암에 걸려 죽어가는 여자들을 도와주었다. 부모는 죽었고, 사랑하는 여동생 역시 전시(戰時)의 궁핍한 생활에 시달리다가 숨을 거두었다. 그들은 알리스의 가장 다정한 존재들이었고, 기쁨이었으며, 그녀의 유일한 비밀이자 더할 나위 없이 따뜻한 심장이었다. 알리스의 주변 사람들은 쇠진했고, 차례로 기력을 상실해갔다. 그러나 알리스는 그들의 쇠약함에서 오히려 지고한 역할을 발견할 수 있었다. 극도의 고독함이 그녀의 힘이었다. 그녀는 세월의 풍파에도 불구하고 몸을 꼿꼿하고 강하게 유지하고, 두 눈에 항상 삶의 광채를 담고 있다. 불씨는 그녀의 속에 들어 있다. 그 불씨로부터 샘에서처럼 빛이 흘러나와서, 그녀로 하여금 세상의 허망함 속에서도 초자연적인 아름다움을 찾을 수 있게 하고, 인류의 벗어날 수 없는 궁핍함으로부터 눈 돌리지 않게 하는 것이다.

이 세 '여자 모험가들' 중에서, 내 마음에 가장 깊이 와닿는 이가 알리스라는 사실에 대해서는 아무도 의심하지 않을 것이다.

# 칼리마
Kalima

오, 칼리마, 영안실의 차가운 대리석 위에 발가벗고 누운 너를 덮은 하얀 시트가 네 몸의 굴곡을 따라 위아래로 오르내리며 얼굴을 이마까지 가린 지금, 새카맣고 숱이 많고 구불구불하고 아직 살아 있는 머리카락만 드러나 있는 지금, 아래쪽으로는 네 잘생긴 두 발, 주홍빛으로 칠한 발톱들, 왼쪽 발목에는 철사줄이 감겨 있고, 그 줄에 매달려 있는 꼬리표에는 네 이름과 나이와 고향과 사망 날짜 따위, 사람들이 너에 대해 알고 있었던 몇 개의 단어와 숫자들이 적혀 있는 지금, 너는 1986년 1월의 이날까지 어떤 길을 걸어왔던가?

네가 배를 타고 마르세유 항구에 도착했을 때, 누가 너를 기억하고 있었을까? 날씨는 쌀쌀했고 짧고 가는 비가 부두와 세관 건물 위로 내리고 있었다. 아마도 그때 너는 벌써 비옷 아래에 두 벌의 양모 스웨터를 껴입고 있었을 것이다. 겨우 이 년 전의 일이지만, 네게는 영원과도 같은 시간이었다. 그 이 년은 너무도 길어서, 평생 동안 지속될 것처럼 여겨졌다. 안개속에서 부두에 도착했던 일은 이미 저 멀리, 바다 건너편에서 보낸 네 인생의 초기와 한데 섞여 지워져버리고 말았다.

바닷가의 크고 하얀 도시, 거리의 소음, 군중의 부산한 움직임, 아이들과 염소들이 돌아다니는 노천 시장, 트럭과 짐수레와 택시들로 막혀 있는 교차로들, 음식과 뜨거운 기름과 튀긴 생선의 냄새, 썩어가는 과일들의 냄새.

너는 때때로 과거의 기억을 떠올려야 했다. 찬바람이 불던 해안도로, 자동차들, 네 앞을 지나가는 수천 대의 차들, 남자들의 힐끗거리는 눈길, 엔진 소리, 그 한복판에서 너는 기억을 더듬으며 견뎌냈다. 때때로 속도를 줄이는 자동차가 있었다. 너는 눈으로 그 차를 따라갔다. 그 차는 오른쪽으로 방향을 돌려 X…… 거리로 접어들었다가 몇 분 뒤에 네 앞을 다시 지나갔다. 도시들은 모두 같지 않을까? 도시는 거리들, 교차로들, 앞으로 달려가는 자동차들, 뭔가를 찾는 눈길들이다.

그해 겨울은 네게 혹독했다. 너는 진짜 양모로 만든, 목까지 올라오는 두터운 스웨터를 두 벌, 때로는 세 벌씩 껴입었다. 다른 어느 것보다도 너는 앙고라 양모 스웨터를 좋아했는데, 목 부분이 크고 둥글게 말리고 앞이 약간 트여 있으며 보랏빛이 도는 검은색인 그 스웨터는 살갗에 따뜻한 호박색의 느낌을, 네 남자친구 브루노가 말했듯이 생강빵 색깔의 느낌을 주었다. 브루노는 서인도제도 출신이다. 그의 피부는 거의 푸른색에 가까운 검은색이었다. 그는 너를 볼 때마다 항상 웃곤 했다. 왜냐하면 너는 아프리카인이면서도 그보다 훨씬 피부색이 밝은데다가 네 머리카락은 인디언 여자의 것처럼 컬이 지고 길고 성겼기 때문이다.

그것은 어머니가 캄보디아인이기 때문이라고 너는 브루노에게 말했다. 어쩌면 그전에 에스파냐 상인이나 포르투갈인 같은 백인의 피가 섞였는지도 모를 일이었다. 그는 예전에 있었던 모든 일들을 네게서 읽어내기를 좋아했다. 진정으로 마음이 통하는 친구였다. 그는 피부와 투명한 눈과 날씬한 목에서 세상의 다른 쪽 끝, 중국과 아프리카 내륙과 추운 유럽으로부터 온 모든 것들을 찾아내기를 좋아했다. 그는 병원 직원으로 일하고 있었다. 네가 가슴에 말라붙어 검게 얼룩진 피로 껴입은 스웨터들이 서로 들러붙은 상태로, 처음이자 마지막으로 바퀴 달린 들것에 실려 병원에 들어갔을 때, 아마도 브루노는 거기에 있었다. 인턴들이 네 시체를 해부하는 동안, 아마도 그는 그들이 주고받는 농담을 들었으리라.

이제 네 살갗에 어려 있는 것은 호박색이 아니었고, 햇살도 아니었으며, 죽음의 흐릿한 회색, 죽은 피의 검붉은색이었다.

고독한 아침, 호텔 맞은편에 있는 담배가게를 겸한 바에서 커피를 마시고 있을 때, 네 기억에 떠오른 것은 어린 시절을 보낸 거리였다. 그 거리는 그렇게 멀지 않았다. 그 거리는 삼 년이나 사년, 어쩌면 일 년 정도밖에 떨어져 있지 않았다. 네가 탕헤르*를 떠나 마르세유에 도착한 후로, 세월이 실로 빠르게 흘렀다.

이곳에는 모든 종류의 소음과 모든 종류의 사람들이 있었다. 네가 말했듯이, 수많은 사내들이 네 '배 위를 지나갔다.' 그런 말을 브루노에게는 하지 않았는데, 그는 결코 네가 하는 일을 입에 담지 않았기 때문이었다. 대신 너는 포럼 바의 다른 여자들, 카티, 기젤, 마도, 셸린, 라이사, 서인도 제도 출신의 엘렌과 함께 겨울 네온등의 불빛을 받으며 함께 서 있을 때, 그리고 길거리에 손님을 끌러 나가기 전 커피를 마시는 시간에 그런 얘기를 떠벌렸다. 자동차들로부터 쏟아져나오는 소음, 시선들, 번쩍거리는 빛들, 엔진들이 부르릉거리는 소리, 타이어가 아스팔트에 마찰을 일으키는 소리.

이제 싸늘한 영안실 안에서, 네 몸은 발가벗은 채 침묵을 지키며 얼어서 뻣뻣해진 시트 아래에서 미동도 않고 있다. 네 눈은 너

---

* 모로코의 도시.

무도 꼭 감겨 있어서, 마치 눈꺼풀을 꿰매놓은 것처럼 보인다. 너는 세상에 대해서, 우리 세상에 대해서 더이상 아무것도 알지 못한다. 너는 뗏목을 타고서 얼음의 강물 위를 떠내려가듯이 반대편으로 멀어져간다, 멀어져간다, 사라져간다. 이제 이 세상에 무엇이 남을 것인가? 이 시대, 이 도시에 대한 어떤 기억이 남을 것인가? 바닷가의 그 넓은 도로, 완강하게 앞을 가로막고 있는 건물의 담벼락들, 텅 빈 포구, 제라늄들만이 바람에 떨고 있는 황량한 발코니들, 일산화탄소와 바다에서 날아오는 소금가루에 의해 부식된 종려나무들, 크기가 일정한 자갈들이 깔려 있고 그 위에 갈매기들이 조심스럽게 걸어다니는 넓은 해변, 그리고 자동차들, 이름도 없고 번호도 없이, 꿈틀거리며 쉬지 않고 미끄러지는 쇠로 된 긴 뱀의 비늘들처럼 꼬리에 꼬리를 무는 자동차들.

어떤 기억이 남아 있는가? 그 하얀 도시에서 너는 홀로, 다른 이주민들 틈에 섞여 배를 기다렸고, 여름이 끝나갈 무렵의 서늘한 바람을 맞으며 갑판에 앉아 바다를 건넜고, 비가 내리는 중에 도착했다. 경찰관이 너를 찬찬히 살피고 여권을 보고 마르세유의 한 호텔에서 일하는 네 언니의 편지들을 읽었다. 유리창 너머로 언니의 얼굴이 보였고, 그녀가 너를 꼭 끌어안았다. 비가 내리는 밤 도시 안으로 첫 발을 떼어놓았을 때, 벌써 자동차들은 불을 켜고서 경적을 울려대고 있었다. 그런 뒤에, 새로운 세계를 경험하고 새로운 삶을 시작하던 시기, 레스토랑과 카페에서의 일, 어지럽게 돌아가는 돈, 고독. 그때 이미 너는 네가 사로잡혔다는 것과 이제 다시는 떠날 수 없다는 것을, 네 마을로, 햇살이 흘러넘치는 그곳의 광장으로, 라디오 소리와 아이들이 외치는 소리와 수탉들의 목쉰 울음소리가 울려퍼지던 골목길로 돌아갈 수 없다는 것을 알았다. 아마도 너는 그해 겨울, 그 첫겨울에 눈이 내렸다는 것을 기억할 것이다. 눈을 만져본 것은 그때가 처음이었다. 너는 거리로 뛰어나갔다. 일요일이었고, 너는 제니 거리의 작은 아파트를 나와서, 가로등의 불빛을 받으며 빙글빙글 돌아가는 눈송이들을 보기 위해 병영 쪽으로 달렸다가 철도가 지나가는 다리 밑을 지나고, 담배 공장까지 갔다. 추위를 몹시 타는 너는 여러 벌의 스웨터를 위에 껴입고서 눈송이가 뺨과 눈꺼풀에 떨어져 따끔거리는 감촉을 느끼기 위해 텅 빈 거리를 달렸다. 처음 있는 일이었다.

너는 다시는 그런 경험을 하지 못했다. 젊고 자유롭고 눈을 만져보고 하는, 그토록 사소하고 자연스런 일에 취해 볼 수 있는 기회가 네게는 없었다. 얼마 후에 언니가 떠나버렸다. 어느 날 그녀는 한 마디 말도 주소도 남기지 않고서, 여행가방에 짐을 꾸린 뒤 집을 나가버렸다. 너는 이 세상에서 혼자가 되었다. 그러나 이미 고향으로 돌아갈 수도 어디론가 사라질 수도 없었다. 남자들과 어울려 역 근처의 술집을 드나들기 시작했을 때, 이미 상황은 굳어져 돌이킬 수도 바꿀 수도 없게 되었다. 포주들이 너를 붙잡았고, 너를 때렸고, 호텔방에서 너를 강간하고 구타했다. 그들은 담뱃불로 네 배와 가슴을 지졌다. 그것이 네 호박색 피부 위에 타버린 꽃잎처럼 지워지지 않는 자국을 남겼고, 네 가슴속에도 씻을 수 없는 흔적을 남겼다.

그 뒤로 이제는 아무것도 중요하지 않게 되었다. 변하는 것은 아무것도 없었다. 단지 거리와 술집의 이름과 호텔방이 달라졌을 뿐이다. 이미 겨울이 끝나가고 있었다. 다시 더위가 찾아왔을 때, 너는 더욱 자주 저 멀리, 네가 떠나온 그 하얀 마을에서 있었던 일들에 대해 생각하게 되었다. 광장에서 들리는 소음과 외침들, 사막에서 불어오는 뜨거운 바람, 해질녘 황금빛 햇살 속에서 울려퍼지는 무에진*의 목소리, 골목길의 포석 위를 달리는 아이들, 급수대 근처를 날아다니는 새와 말벌들. 그 모든 것이 오래된 다리 위로 불어오는 바닷바람 속에 실려온 순간, 너는 열병에 걸린 듯 오한에 몸을 떨며, 그 바람이 네 삶의 두터운 껍질을 뒤흔들고 이제는 너무도 굳어지고 마비되어버린 네 살갗을 스치는 것을 느꼈다. 네가 그 도시를 떠난 것은 그 바람으로부터 달아나기 위해서였을까? 북쪽으로, 안개가 자욱이 끼어 있는 멀고 낯선 다른 도시

---

\* 회교사원 첨탑에서 기도시간을 알리는 승려.

로, 너와 비슷한 부류의 사람들, 가출한 여자들, 타락한 아이들, 도처에서 몰려와 어디로도 가지 못하는 사람들이 널려 있는 그 거대한 도시로 떠난 것은, 네가 태어나 형제자매들과 달음박질하던 그 광장과 먼지 날리는 거리에서 들려오는 소리를 더이상 듣지 않기 위해서가 아니었을까? 그 오한과 스침을 더이상 느끼지 않기 위해서가 아니었을까? 그러나 그자들은 너를 붙잡고, 때리고, 호텔방에 팔아넘겼고, 너를 세상의 반대편, 런던, 함부르크, 뮌헨으로 데려갔다. 매일 낮, 매일 밤, 매 시간 너는 거리에 있었다. 날이 무척 더웠고, 사람들이 보도 위를 비틀거리며 걸어오다가 여자들에게로 가까이 다가왔다. 밤에는 네온 불빛이 얼굴을 뜨겁게 달구었다. 남자들이 와서는 아무 말 없이 네 뒤를 따라 방으로 올라가고, 죽은 살을 다루듯이 네 속으로 파고들고, 그런 뒤에 역시 아무 말 없이 떠나가고, 돈이 남았다. 오, 칼리마, 얼마나 많은 남자들이 너를 거쳐갔는가? 그러나 수천 번의 행위가 이루어지는 동안, 너는 그곳에 없었고, 너는 다른 곳에 있었고, 너는 꿈을 꾸는 게 아니었고, 너는 다른 육체 속에 들어 있었다. 아마도 너는 자주 그곳으로, 먼지와 햇살의 거리로, 물결 모양의 양철지붕이 화덕처럼 햇볕에 뜨겁게 달아오르는 좁은 판잣집으로, 다리가 가는 여자아이들이 플라스틱 양동이에 물이 떨어지는 소리를 들으며 엉덩이를 흔드는 급수대 옆으로 돌아갔다. 그리고 아마도 너는……

세월이 멀어져가고, 흔적도 없이 사라졌다. 배를 타고서 지중해를 건너 마르세유 항으로 떠난 것은 더이상 네가 아니었다. 거대하고 하얀, 먼지 덮인 배의 갑판 위에 앉아 안개 자욱한 수평선을 향해 나아가 반대편 세상으로 건너간 것은, 너의 고향, 너의 동네, 여자친구들, 형제들, 너의 어머니이다. 그들은 네 출생, 네 이름, 유년 시절, 비밀들, 웃음들, 라디오에서 지직거리며 흘러나오던 노래들, 커피와 고수*의 냄새, 시장과 염소의 냄새, 삶의 냄새를 가지고 멀리 떠나버린다. 그들은 어디론가 가버리고, 너를 떠난다. 너는 어느 날 그 사실을 알았다. 혼자라는 것을 깨달았지만, 이유는 알 수 없었다. 이제 네게는 도시도 국가도 없고, 단지 서류들, 체류증, 증명서, 집세 영수증, 단지 그것들뿐이라는 것을 알았다. 마치 태어난 적도 없고, 유년 시절이나 고향도 없고, 모든 게 꿈에 지나지 않는 것 같았다. 담배 공장 쪽에서 눈송이들이 가로등 주위를 빙글빙글 돌며 떨어지던 어느 겨울날 밤, 제니 거리의 아파트에서 네가 우연히 태어난 것과도 같았다.

　얼마 후, 너는 달아나 이 도시로 왔다. 너는 이곳이 세상의 끝, 종착지, 바다에 가장 가까운 오지여서 여기로 왔다. 마르세유, 리옹, 콜랭쿠르, 파리의 여자들은 모두, 언젠가는 이곳으로 올 것이

---

*지중해에 분포하는 미나리과의 초본. 향신료로 쓰인다.

라고, 도망쳐 바닷가로 가서 새로운 삶을 살겠다고 말하곤 했다. 너도 역시 그렇게 말했다. 그러나 네가 도망쳤을 때, 너는 그 말을 염두에 두고 있지 않았다. 네 인생이 바뀌리라 생각하지 않았다. 다만 본능적으로 바다를 향해 가고 싶었고, 가능한 한 바다에서 가까운 곳에 있고 싶었다. 마치 탕헤르에서 마르세유로 너를 데려다준 배, 바로 그 배가 돌아와서 거꾸로 여행할 수 있으리라고, 저 멀리까지 시간을 거슬러올라가 네가 잃어버린 것들을 되찾을 수 있으리라고 생각하는 듯했다. 그런데 너는 정말 그렇게 생각했던 것일까? 그저 다른 기차가 없었기 때문에 북쪽에서 남쪽으로 향하는 기차를 탄 게 아닐까?

이 도시에도 다른 곳과 마찬가지로 할 일 없이 돌아다니는 자동차들이, 네가 얼굴에 바람을 맞으며 자동차 행렬 곁에 서 있을 때 힐끗거리는 눈길들이 있었다. 날씨는 추웠고, 네가 껴입은 다섯 벌의 스웨터는 가슴을 믿을 수 없을 정도로 커 보이게 했다. 등받이가 젖혀진 차 안에서 남자들의 손이 그 양모 밑으로 미끄러져 들어왔다. AAA 호텔의 방에서조차, 너는 스웨터를 벗지 않았다. 너를 두렵게 하는 것은 추위, 바깥에서 불고 있는 찬바람, 무엇보다도 폐 속으로 들어와 갉고 찢고 구멍을 뚫는 추위였다. 도착한 지 얼마 안 되었지만, 이미 오랜 시간이 흐른 듯했다. 어느 날 저녁, 바람이 레오뮈르 거리 교차로의 대로 위로 불어왔다. 밤이 되자, 바람은 호텔방 안으로, 네 속으로 불어들어왔고, 너는 더이상 걸음을 떼어놓을 수가 없었다. 폐 속에서 해변의 모래 소리처럼 바람소리가 일어나는 것이 들렸다. 몸 속에서 냉기와 불의 소리가 들렸다. 그 증상은 며칠 지속되었고, 너는 어느 날 밤 방 안에서 혼자 죽을 뻔했다. 너는 생명이 빠져나가는 것을 느꼈다. 이미 말할 수도 소리칠 수도 없었기 때문에, 입을 다물고 있는 힘껏 벽을 두드렸다. 마침내 이웃집 여자가 달려왔고, 사람들은 병원의 하얗고 커다란 방으로 너를 데려갔다. 떠나기로 결심한 것은 그 방에서였다. 침대로 가득 찬 그 커다란 방에서는, 얼굴이 핼쑥한 여자들이 누군가가 꽃이나 신문을 가져다주기를 기다리고 있었다. 바퀴 달린 수레에 약을 싣고 와서 건네주고, 수건과 음식을 가져다준 것이 브루노였다. 그와 함께, 너는 떠나는 것에 대해 말했다. 처음에 브루노는 네가 무슨 일을 하는지 몰랐다. 그에게 사실을 말하고 싶지 않았던 너는 어딘가에서, 예를 들어 살페트리에르 같은 호텔에서 일하는 종업원인 것처럼 행동했다. 사실을 알았을 때, 그는 너를 때렸지만, 떠나지는 않았다. 그가 너를 보러 호텔로 오거나, 가끔은 네가 저녁에 그의 집으로 갔다. 그러던 어느 날, 너는 그와 함께 기차를 타고 세상 끝에 있는 이 도시로 왔다. 모든 것이 변할 수 있을 것만 같았다. 너의 동네와 급수대와 어머니가 생선과 쌀로 요리를 하던 집에 대한 기억을 되찾을 수 있을 것만 같았다. 그러나 실상 달라진 것은 없었다. 다만 공항 가는 길 위에 있는 집에 귀가하면, 브루노가 너를 기다리고 있었다. 주로 그는 카세트테이프로 고향의 음악을 듣고 있었다. 그에게는 권투선수 친구가 있었는데, 그 친구는 조제프라는 이름의 애인과 함께 찾아오곤 했다. 이제는 아무도 너를 때리지 않았고, 네 지갑에서 돈을 꺼내가지도 않았다. 그러나 너는 바다 가까이에 머물고 있으면서도 바다를 보지 않았다. 아침 바다는 아름답지 않았고, 저녁에는 자동차들이 쇠로 된 뱀처럼 네 얼굴을 스치며 지나갈 뿐, 그 외에는 아무것도 없었기 때문이었다.

그해 겨울, 아마도 너는 처음으로 자유를 느꼈다. 바람이 부는 대로에서 손님을 끄는 동안, 너는 네 삶의 변화에 대해, 어떤 장소, 소음이 들리지 않고 도로로부터 멀리 떨어져 있는 안식처에 대해 생각했다. 그러나 그 안식처는 결코 네 고향 마을이 될 수 없었다. 고향은 이미 영원히 사라져버린 것이다. 단순히 어떤 장소, 잠들 수 있는 네 소유의 아파트 같은 곳. 그곳에서는 아무도 네 얼굴을 보지 못할 것이다. 너는 아무도 기다리지 않을 것이고, 아무도 필요로 하지 않을 것이다. 브루노는? 아마도 그는 예외일 것이다. 그러나 남자들은 지나쳐갈 뿐, 너는 언젠가 그가 떠나리라는 것을, 바다 건너에 있는 집으로, 그의 음악이 있는 고국으로 돌아가리라는 것을 알고 있었다. 그럼에도 불구하고 너는 생각했다.

꿈을 꿨다. 저 멀리, 집과 정원, 아이들의 목소리, 물결 위에서 반짝거리는 햇살, 과일들과 뜨거운 기름 속에서 팔딱팔딱 뛰는 생선 냄새. 너는 차마 이 꿈을 그에게 얘기할 수 없었다. 권투선수 친구가 오고, 그들이 이상한 언어로 함께 이야기를 나누었을 때, 너는 그 꿈이 가능하지 않다는 것과 결코 브루노와 함께 그곳으로 갈 수 없다는 것을 분명히 깨달았다. 어느 날, 너는 술을 마시고 방에 앉아 울었다. 그가 너를 보았다. "왜 그러는 거야? 미쳤니?" 너는 그와 함께 그곳으로 떠나고 싶다는 말을 할 수 없었다. 거리의 여자들에게는 미래가 없었다. 하지만 너는 그 사실을 진정으로 받아들이지 못하고 있었다. 모든 것을, 고향 마을의 광장과 소리지르며 뛰어다니는 아이들, 냄새들, 음악들, 순진한 눈빛을 가진 사람들, 그 모든 것을 싣고서 떠나버린 그 커다란 배는, 칼리마여, 네 출생과 과거만을 가져가버린 것이 아니었다. 네 미래마저 앗아가버린 것이다.

차가운 겨울바람이 부는 그 끔찍한 길로, 자동차들이 오고간다. 시간은 더이상 현실감이 없다. 돈을 벌기 위해 사랑하지 않는 남자와 관계를 맺는 여자에게 한 시간이 무슨 의미가 있겠는가? 어느 날 저녁, 그 남자들 중의 하나가 네 운명을 결정지었다. 아마도 그는 걸어서 왔다. 아니면, 한 사람은 차 안에서 기다리고, 그는 차에서 내렸을 수도 있다. 그는 서두르지 않고 네 쪽으로 천천히 걸어왔다. 그의 뒤쪽에 있는 가로등 불빛 때문에 얼굴을 제대로 볼 수 없었다. 그저 한 남자. 다른 손님들처럼 너를 어디론가 데려가려는 듯 그가 네게로 다가왔다. 아마도 너는 그에게 뭐라고 말을 건넸던 것 같다. 아니면, 정차해 있는 자동차들 사이를 간신히 빠져나올 만큼 부풀어오른 몸으로 그 남자 쪽을 향해 돌아섰을 것이다. 그는 날카로운 칼로 밑에서 위로 너를 찔렀다. 스웨터 다섯 벌의 두께 때문에 칼은 네 가슴에 깊이 박히지 않았고 너는 비명을 질렀다. 자동차들이 눈멀고 생각도 없는 길다란 금속 뱀처럼 계속하여 네 뒤쪽으로 지나가고 있었다. 한 번 더, 한 번 더, 그 남자는 네 몸이 기역자로 꺾일 정도로 온 힘을 다하여 너를 찔렀고, 마침내 세번째에 칼이 다섯벌의 스웨터를 뚫고서 가슴을 파고들었다. 곧바로 경찰이 왔고, 앰뷸런스가 너를 병원으로 데려갔지만 그러나 그때 이미 너는 살아 있지 않았다. 너는 네 몸을, 쓸모없게 된 스웨터들이 피에 흠뻑 젖어 있는 네 가슴을 떠났다. 이제 이 도시, 거리들, 온 세상은, 오 칼리마여, 더이상 너를 필요로 하지 않는다. 너는 먼 곳으로 가버렸다.

너는 이 세상을, 소음이 울려퍼지는 광장과 급수대들, 여자아이들, 수탉이 우는 소리, 개들이 짖는 소리, 쉴새없이 피어올랐다가 가라앉고 피어올랐다가 내려앉는 먼지로 채워진 이 세상을 나름의 질서와 계획에 맡겨버렸다. 그러나 너는 이제 이곳에 없다.

# 남풍

Vent du sud

나는 마라무를 처음으로 만난 날을 잘 기억하지 못한다. 나는 그때 막 유년기를 벗어나고 있었고, 그녀는 이미 어른이나 다를 바 없었다. 그녀의 이름은 제안이었는데, 사람들은 마오이 족 이름인 마라무로 그녀를 불렀다 마라무는 남풍이라는 뜻이다. 그 무렵 아버지와 나는 푸나위아*의 바닷가에 있는 집에서 살고 있었다. 아버지는 마마오 병원의 의사였다. 아버지는 내가 여섯 살인가 일곱 살 때 나의 어머니와 헤어졌다. 내가 어머니에 대해 가지고 있는 기억은, 그녀의 웃음소리와 노래하는 듯한 목소리였다. 아버지가 이곳에 와서 정착하게 된 것은 어머니 때문이었는

---

* 프랑스령 폴리네시아 타히티 섬의 한 지역.

데, 얼마 후 그녀는 아버지를 버리고 한 미국인을 따라 로스앤젤레스로 떠났다. 아버지 말로는 어머니가 떠난 것은 자기가 그녀를 즐겁게 해줄 수 없었기 때문이라고 했다. 그는 어머니를 상기시킬 수 있는 모든 것, 편지, 사진, 심지어 그녀가 사들인 골동품들까지도 없애버렸다. 그러나 어느 날 나는 부모님이 결혼 초기에 찍은 낡은 사진을 한 장 발견했다. 그들은 여객선 갑판에서 사람들에게 둘러싸여 있었다. 아버지 곁에 서 있는 어머니는 키가 작고 연약해 보였으며, 동양적인 얼굴에 머리카락은 구릿빛이었다. 나는 그 사진을 귀중품을 넣어두는 비밀 상자 속에 넣어 보관했다. 그러고 나서는 그만 그 사진의 존재를 잊어버렸다.

마라무는 내가 만나본 사람들 중에 가장 이상한 사람이었다. 그녀는 아이 같은 얼굴과 부드럽고 크게 벌어진 두 눈을 가진 검은 피부의 여신 같은 모습으로, 수시로 우리집을 드나들었다. 그녀는 눈이 피곤하면 왼쪽 눈을 이리저리 돌렸는데, 그 모습을 보고 있자면 약간 정신나간 것처럼 보이기도 했다. 무엇보다도 그녀는 매우 검고 물결치는 듯한 멋진 머리카락을 가지고 있었는데, 그것은 상체를 감싸며 원시적인 복장을 한 허리까지 내려와 있었다.

그녀는 항상 맨발로 다녔고, 가슴 부분에서 매듭을 지은 파레오* 하나만 걸치고 있었다. 그녀는 아무것도 가지지 않은 자들의 오만한 태평함을 드러내며 아무런 소리도 내지 않고 해변을 통해 집 안으로 들어오곤 했다. 어느 날 나의 아버지는 그녀가 타아오라와 테메하로 가문의 혈통으로, '땅이 없는 왕녀'라는 뜻을 가진 라이아테아**의 왕녀의 후손이라는 말을 해주었다. 마라무는 내게 투파라는 마오이 족 이름을 붙여주었다. 잘은 모르지만 아마도 내가 간혹 일사병에 걸렸기 때문이거나 아니면 땅게처럼 약간 옆으로 걸었기 때문일 것이다. 그녀는 내게 입을 맞추었다. 그녀는 아들에게 먹일 약을 얻기 위해 나의 아버지를 보러 왔다. 나는 마라무가 이미 그토록 많은 경험을 했다는 사실을 생각하면 놀라지 않을 수 없었다. 우리는 거의 비슷한 나이였는데, 그녀는 사랑, 임신, 삶, 그 모든 것을 알고 있었다. 나는 그녀의 아들을 본 적이 없었다. 조니라는 이름을 가진 그 아이는 마라무와 섬너라는 이름을 가진 미국인 사이에서 태어났는데, 마라무의 부모가 그를 라이아테아에서 길렀다. 지금 그는 하와이에 있는 한 호텔에서 일하고 있는 모양이다. 세월이 많이 흐른 것이다.

지금도 기억난다. 그녀는 집 안에 들어와서, 나의 아버지가 하는 말을 듣지도 않고서 마치 약이 사탕이나 되는 듯이 함부로 가

---

\* 타히티 사람들이 입는 옷.
\*\* 폴리네시아 소시에테 제도의 가장 큰 섬. 마오이 족은 이 땅이 전설로 내려오는 영혼의 성지라고 믿었다.

져가곤 했다. 나는 그녀를, 그녀의 눈과 머리카락, 조용한 움직임, 시멘트 바닥에 닳아 굳어지고 평평해진 두 발을 좋아했다. 그녀는 나에게 말을 걸었고, 모든 사람에게 반말을 썼으며, 프랑스인들의 대화를 지겨워했다. 나는 그녀가 바닥에 앉을 때 왼쪽 발을 넓적다리에 붙이고서 책상다리를 했던 것을 기억하고 있다. 아버지 말로는, 고대 크메르 족과 마야 족이 그렇게 앉았다고 했다. 그녀는 한 손은 넓적다리에 올려놓고 다른 쪽 손은 손바닥을 펴 하늘을 향하게 하고서 이야기를 하곤 했다.

그녀는 책에서 읽었거나 혹은 자기가 지어낸 놀라운 이야기를 들려주었다. 바다의 물고기였던 선조들에 대한 이야기도 있었고, 화산 밑에서 자라나는 커다란 나무들에 대한 이야기도 있었는데, 그 나무들은 뿌리가 더듬이로 되어 있어서 세상에서 들려오는 모든 말에 그 더듬이를 떨며 반응을 보인다는 것이었다.

내가 학교에 가지 않는 아침이면, 그녀는 나를 함수호 쪽으로 데려갔다. 우리는 마치 뭔가를 찾는 듯이, 무척 부드러운, 살아 있는 융단 위를 아주 천천히 걸었다. 파도가 우리 몸에 부딪혀 부서지면서 거품을 눈에 뿌려댔다. 그런 후에 우리는 시원한 집으로 돌아왔다. 아버지는 과일을 내왔다. 나는 마라무가 노래하던 것을 기억한다. 오후의 햇살은 뜨거웠고, 우리는 그런 날들이 영원히 지속될 것만 같은 느낌에 젖어 있었다.

태양이 기울면, 마라무는 함수호로 수영을 하러 갔다. 그녀는 물 속에서 움직이지 않고 앉아 있곤 했다. 아버지가 수영을 하는 모습을 보고서 그녀는 웃음을 터뜨렸다. 그녀는 무척 하얀 두 발 바닥을 하늘 쪽으로 천천히 들어올리면서 잠수하는 법을 알고 있었다. 집에 돌아오면, 그녀는 수줍어하면서 파레오를 벗지도 않고서 흘러내리는 물에 몸을 씻었다. 두 다리에는 근육이 붙어 있었고, 등은 두툼했고, 젖가슴은 아주 작고 가벼웠다. 몸은 기름을 바른 듯 매끄러웠다. 그녀는 반짝거리는 빛의 다발을 흩뿌리며 풍성한 머리카락을 흔들었다.

마라무와 함께 있으면 모든 것이 단순해졌다. 나는 아무것에도 놀라지 않았다. 나는 그녀가 아버지의 정부라는 사실을 곧 알아차렸던 것 같다. 때때로 그녀는 우리집에서 밤을 보내곤 했는데, 큰방의 바닥에서 잠을 잤다. 침대에서 자면 너무 덥다는 것이었다. 나의 아버지의 이름은 앙드레였는데, 그녀는 아버지를 봅이라고 불렀다. 아마도 아버지가 주말에 낚시질을 하러 갈 때 쓰던 작은 모자 때문이었을 것이다. 그녀는 아버지에 대해 전혀 이야기하지 않았고, 아버지는 그녀에 대해 거의 모르고 있었다. 그녀는 한 마리 철새였다.

그러던 어느날, 모든 것이 달라졌다. 그녀는 더이상 우리집에 오지 않았다. 나는 날마다 그녀를 기다렸다. 그녀의 벗은 발이 시멘트 바닥 위로 가볍게 끌리는 소리가 들려오길 기다렸다. 그러다 그녀가 저 멀리, 암초지대의 방책 위에 서 있는 모습을 보곤 했는데, 그것은 매번 신기루였다.

무슨 일이 일어났다는 것을 알 수 있었으나, 그게 무엇인지는 알 수 없었다. 아버지는 자주 집을 비웠고, 신경이 날카로워져 있었으며, 늦게 귀가했다. 어느 날 아버지가 프랑스 얘기를 꺼냈다. 우리는 곧 프랑스로 돌아갈 것이고, 방학이 끝나면 나는 리옹에 있는 학교에 다니게 될 거라는 것이었다. 이미 그는 그곳의 병원에 자리를 구해놓았다.

마라무가 돌아왔다. 방학이 끝나갈 무렵이었고, 나는 집에 혼자 있었다. 그녀는 항상 그러했듯이 소리를 내지 않고 안으로 들어와, 바다를 보기 위해 테라스에 앉았다. 넋이 나간 듯이 보였고, 머리카락이 엉켜 있었다. 아마도 취한 듯했다. 그녀는 진한 녹색 드레스를 입고 있었다. 입술에 루주를 발랐는데, 그 입술은 내 눈에 커다란 상처처럼 보였다.

그녀는 마치 우리가 그날 아침에 헤어졌던 것처럼 말했다. 그녀는 내 손을 꼭 쥐고서, 머리를 내 어깨에 기댔다. 나는 그녀의 살갗에서 코프라* 기름의 냄새를, 다가오는 밤에서 태양의 냄새

---

* 코코넛 야자 열매 알맹이를 말린 것.

를 맡았다. 모레아 쪽의 수평선 위에 기묘한 모양의 구름들이 떠 있었다.

"투파, 왜 나는 바다를 보면 울고 싶어지는 걸까?"

나는 수영을 하러 가자고 말했다. 그녀가 뭔가 끔찍한 말을 할까봐, 우리가 다시는 서로 보지 못하게 될까봐 두려웠다. 마라무는 나와 함께 모래 위를 걸었다. 그녀는 담배를 피웠다. 석양이 바다를 물들였고 새들이 슬프게 울며 날아다녔다. 그녀가 말했다.

"우리 같이 놀러 가자."

나는 아버지에게 쪽지를 써서 주방의 탁자 위에 올려놓고는, 문을 닫지도 않고 집을 나섰다.

자동차 한 대가 길 위에서 기다리고 있었다. 운전수는 웡 씨라는 중국인이었고, 뒷자리에는 작은 기타를 든 혼혈 사내가 앉아 있었다. 그는 마라무에게 알은체를 했다. 나는 그녀가 그 사내를 토미라고 부르는 것을 들었다. 그녀는 그의 옆에 앉았다. 그는 진한 갈색 머리에 야위고 손가락이 가는 남자였다. 진회색의 바지에, 깃이 빳빳하게 다려진 바둑판 무늬의 셔츠를 입고 있었다. 나는 그가 누구인지, 왜 마라무는 내가 함께 가기를 원하는지 알 수 없었다.

토미는 기타로 조용히 빌리 홀리데이의 재즈 가락을 연주했다. 날씨는 더웠고, 자동차는 빠른 속도로 달렸다. 마라무는 토미의 연주에 맞춰 노래하기 시작했고, 이어서 '우테'라는 마오이 노래를 부르기 시작했다. 그녀의 목소리는 맑았고, 연기처럼 점점 더 가늘어졌다. 나는 노래를 부를 줄 모르는 게 부끄러웠고, 모든 두려움과 모든 악이 그 음악 속에서 사라져버리는 것 같은 느낌을 받았다. 마라무는 드레스의 끈을 팔 밑으로 내리고서 얼굴을 앞으로 기울였다. 숱많은 머리카락이 그녀를 반쯤 가렸다. 토미가 그녀를 바라보고 있었다.

어둠이 내렸고, 우리는 계속 달려서 도시 지역을 가로지르고 있었다. 전조등이 어둠 속에서 빛을 번득였다. 자동차는 벼랑 위로 난 도로를 달리고 있었고, 왼쪽으로는 바다가 거대하고 텅 빈 암흑의 공간처럼 펼쳐져 있었다. 비너스 곶 쪽으로, 비포장도로가 끝나면서 차들이 주차해 있는 곳에 술집이 하나 있었다. 그곳은 함석으로 지어진 창고 같은 곳으로, 네온등이 실내를 밝히고 있었다. 오케스트라가 다나의 'All kinds of everything'이라는 감미로운 음악을 아주 큰 소리로 연주하고 있었던 것이 지금도 분명하게 기억난다. 내가 좋아하던 노래였기 때문이다. 실내는 더웠다. 우리는 탁자에 앉았고, 사람들은 히나노 맥주를, 마라무는 적포도주 한 병을 주문했다.

너무 시끄러워서, 머릿속이 빙글빙글 돌아갈 지경이었다. 그곳에는 괴상한 차림의 사람들, 외인부대대원들, 얼굴을 울긋불긋하게 칠한 여자들이 있었다. 그런 장소에 가본 것은 처음이었다. 나는 마라무와 춤을 췄다. 우리는 춤을 추고 있는 다른 사람들이나 의자에 계속 부딪혔다. 마라무가 나를 이끌었고, 음악은 왈츠, 파소도블*이었다. 옛날 춤곡이었다. 그녀는 웃었고, 머리카락이 몸을 휘감으며 빙글빙글 돌았다. 나는 그녀의 땀냄새를 맡았고, 그녀 허리의 잘록한 부분이 손가락에 와닿는 것을 느꼈다. 탁자에서는 토미가 덤덤한 얼굴로 계속 술을 마시고 있었다. 피로로 인해 눈이 움푹 들어가 있는 그의 모습은 마치 죽음의 가면을 쓰고 있는 것처럼 보였다. 마라무 역시 피곤한 기색이었다. 그녀는 옆으로 비켜앉아 두 팔을 탁자 위에 올려놓았다. 나는 그녀의 입술 양옆에 각기 두 개의 주름살이 새겨져 있는 것과 미간에 별 모양의 흔적이 나 있는 것을 보았다. 운전수는 술집 밖으로 나갔다. 너무 덥고 따분했던 모양이었다.

그때 우리 탁자 바로 옆에서, 술 취한 군인 때문에 싸움이 벌어졌다. 마라무는 무척 두려워하면서 토미에게 나가자고 간절한 목소리로 말했다. 그녀는 맨발로 길 위를 걸었고, 어둠 속에서 그녀의 녹색 드레스는 성 엘모의 불처럼 빛났다.

나는 도랑 근처에 멈춰 서서 토했다. 마라무는 아주 다정하게,

---

*1, 2차 세계대전에 걸쳐 유행한 템포가 빠른 댄스곡.

거의 어머니같은 손길로, 나를 뒤쪽의 흙더미 위에 앉혔다. 그녀는 부드러운 손으로 내 얼굴을 쓰다듬었다. 담배 냄새가 났다.

"가엾은 투파, 몸이 견디지 못하는구나! 나는 익숙해졌어. 아주 어렸을 적부터 그래왔으니까."

윙 씨는 내가 잠들 수 있도록 천천히 차를 몰았다. 우리는 피라에 쪽의 바닷가에서 멈췄다. 마라무가 수영을 하고 싶어했던 것이다. 바람은 거의 불지 않았고, 바다는 어두웠지만 따뜻했다. 두 남자는 해변 위쪽에 남아 앉아 있었다. 토미는 기타를 연주했다. 나는 그의 담뱃불이 간간이 빨갛게 타오르는 것을 보았다. 나는 옷을 모두 벗고 바닷속으로 들어가 어디로 나아가는지도 모르면서 헤엄을 쳤다. 시간도 공간도 더이상 존재하지 않았다. 물에서 나오자, 마라무가 내 곁의 모래 위에 앉았다.

"저 남자와 결혼하려는 거니?"

그녀가 웃기 시작했다.

"토미하고? 토미는 점잖고 부자고 하와이에 호텔을 가지고 있어. 내일이면 나는 늙어버릴 거야, 투파. 나는 멀리 가버릴 생각이야. 저 사람이 내 친구가 될 거야. 다른 친구는 없을 거야."

"네가 떠나면, 마라무, 아마도 나는 죽어버릴 거야."

나는 그녀를 웃기려고 그렇게 말했는데, 그녀는 웃지 않았다.

"어쩌면 나도 프랑스에 가게 될지도 몰라. 봄은 함께 리옹으로 가기를 바라고 있어. 하지만 거기는 너무 멀어서 오히려 내가 죽게 될 거야."

우리는 해변의 물 가까이에 한동안 머물러 있었다. 마라무는 각질로 덮인 자신의 발바닥을 내게 만져보게 했다.

"내가 거기 가서 구두를 신고 걸어다닐 수 있을 거라고 생각하니?"

"운동화를 신으면 돼."

"나는 맨발로 갈 거야. 발도 익숙해져야지."

나는 웃고 농담을 하려 했다. 그러나 갑자기 몸 한가운데, 아랫배 약간 오른쪽에 심한 통증이 느껴졌다. 나는 팔꿈치로 몸을 지탱했고, 온몸이 떨리는 것을 느꼈다. 마라무는 뭔가 이상하다는 것을 눈치챘다. "춥니?" 그녀는 온기를 전해주기 위해 나를 꼭 끌어안았다. 왠지 모르게 나는 어머니 생각이 났다. 나는 마라무가 어머니에 대해 이야기해주기를 바랐다. 그녀는 내 마음을 읽었다. 마라무는 항상 그랬다. 그녀는 세상사를 뚫어보고 있었다.

"그분 이름은 타니아였어. 지금도 기억나는데, 그때 나는 열두 살이었어. 아주 예쁜 분이셨지. 네 아빠는 그분을 발리에서 만났다고 사람들이 그러더구나. 나는 두 분이 너와 함께 배를 타고 있는 걸 간간이 보곤 했어. 너는 잘생긴 아이였지. 그때 나는 네게 사랑을 느꼈던 것 같아. 너는 타니아와 머리카락 색깔이 같았어.

타니아가 떠났을 때, 봅은 무척 슬퍼했어. 그렇지만 그분은 이곳에서 더 견딜 수 없었던 거야. 사람들은 오랫동안 그분이 다시 돌아올 거라고 믿었어. 봅이 푸나위아에서 너를 데리고 독신으로 지내고 있었으니까 말이야. 봅이 저 멀리 프랑스에 있는 리옹으로 가면 아마도 타니아는 너희와 함께 살러 돌아올 거야."

하늘은 맑았고, 별들로 가득 차 있었다. 나는 마라무가 우리집의 테라스에서, 별들과 그 유명한 마젤란 운(雲)과 사람들이 남십자성이라고 부르는 커다란 새의 두 날개를 바라보며 해줬던 이야기를 기억했다. 암초들 위로 물결이 찰랑거리는 소리가 들려왔다. 날이 밝아왔고, 웡 씨가 떠나야 한다고 말했다. 마라무가 토미와 말을 하러 갔고, 두 사람은 잠시 언쟁을 벌였으며, 높은 목소리가 터져나오는 것이 들렸다. 나는 그들이 무슨 말을 하는지 알 수 없었다. 그러다가 토미와 웡 씨가 떠났다. 자동차가 비니스 곶 쪽으로 난 길을 따라 멀어지는 소리가 들렸다. 마라무가 내 곁으로 돌아왔다. 그녀는 팔로 내 어깨를 감싸안았다. 나는 그녀의 냄새를, 신비로운 머리카락에서 나는 냄새를 맡았다.

그녀는 새벽과 한몸이었다. 나는 경이로움과 두려움을 동시에 느꼈다. 이것이 마지막이라는 것을 방금 깨달았기 때문이었다. 그녀는 입을 내 귀에 가까이 가져다대고서 노래하듯이 낮은 목소리로 말했다.

"저 모든 조가비들. 투파야, 세상은 조가비란다. 하늘은 훨씬 큰 조가비야. 남자들도 조가비이고, 여자들의 배는 모든 남자들을 담고 있는 조가비인 거지."

또 그녀는 카누에 대해, 나무의 손가락인 이파리들, 땅 밑으로 뿌리를 내린 돌에 대해 이야기했다. 그녀는 마치 내가 그녀를 다시 볼 수 없을 거라서 내게 자신의 지식을 전수하는 것처럼 그것들에 대해 말해주었다. 새벽빛이 세상을 밝히고 있을 때, 나는 내가 잠이 들었었다는 것을 깨달았다. 모래 위에는 마라무의 흔적이 남아 있었다. 나는 내가 잠든 동안에 그녀가 다른 사람들과 떠나버렸다고 믿고, 크나큰 두려움을 느꼈다. 나는 소리쳐 불렀다. "마라아무!"

그녀가 오줌을 누기 위해 덤불숲 뒤에서 웅크리고 있다가 나타났다. 나는 열이 있어서 이를 덜덜 떨었다. 해가 산이 있는 쪽에서 떠올랐다. 라이아테아 쪽의 수평선 위에 모루 모양의 구름들이 떠 있었다. 녹색 드레스를 걸친 마라무에게서는 빛이 나는 듯했다. 그녀의 검은 얼굴은 매끄러웠고 그녀의 시선은 헤아릴 수 없이 신비로웠다. 그녀는 천천히 머리카락을 뒤로 쓸어넘겼다. 그러고는 머리채를 틀어올려 쪽을 지고서, 거기에 짚시 여자들이 사용하는 것 같은 커다란 머리빗을 꽂았다. 길 쪽으로 걷다가 나는 윙 씨의 자동차가 기다리고 있는 것을 보았다. 그 뒤에서 토미가 담배를 피우고 있었다. 아침 햇살 때문에 모든 것이 냉랭하고 흐릿해 보였다.

"나는 라이아테아로 가는 여객선을 탈 거야." 마라무가 낮은 목소리로 말했다. 결정이 내려진 것이다. 아무도 그 결정을 바꿀 수 없었다.

우리는 차를 타고 항구 쪽으로 갔다. 토미는 아무 말도 하지 않았고, 기타도 치지 않았다. 그도 역시 무척 피곤해 보였다. 몸이 쇠약해진 듯했다. 항구에서 마라무는 선착장 근처에 있는 중국 호텔로 짐을 챙기러 갔다. 나는 자동차에서 내려, 나무 그늘에서 그녀를 기다렸다. 돌아왔을 때 그녀는 옷차림이 달라져 있었다. 그녀는 바지와 남자용 셔츠를 입고 굽이 달린 구두를 신고 있었는데, 그 때문에 발이 몹시 아파했다. 그녀가 나를 포옹했다.

"잘 있어. 우리는 언젠가 다시 만나게 될 거야."

"잘 가." 나는 목이 메었고, 가슴이 아팠다. 웡 씨는 자동차 안에 남아 있었고 그녀를 쳐다보려고도 하지 않았다. 사람들이 오든 가든, 그에게는 별 상관이 없었다. 그러나 나는 마라무를 다시는 못 보게 될 거라고, 그녀가 우테를 부를 때의 맑은 목소리를 다시는 듣지 못하게 될 거라고 생각했다. 그녀의 살갗에서 나는 향 냄새도 다시는 맡지 못하게 될 것이었다. 그런 까닭에 그날 아침의 햇살은 무기력하게만 여겨졌다.

토미가 차에서 내렸다. 그는 나를 바라보았지만, 아무 말도 하지 않았다. 손에 작고 검은 여행가방을 들고 있었다. 그는 마라무와 함께 여객선 쪽으로 멀어져갔다. 나는 자동차에 다시 탔고, 웡씨는 나를 푸나위아로 태워다주었다. 요금을 지불하려 하자, 받지 않으려 했다. 토미가 그렇게 하도록 시켰을 터였다.

　집에 도착했을 때, 아버지는 내게 아무 말도 하지 않았고, 아무것도 묻지 않았다. 그후로도 우리는 그날 밤에 대해 단 한 번도 말을 꺼내지 않았다. 그는 단 한 번도 마라무라는 이름을 입에 담지 않았다.

　얼마 후에 우리는 프랑스로, 리옹이라는 이 도시로 돌아왔다. 이곳에서는 겨울이 어느 계절보다도 오래 지속되었고, 바다 소리가 들리지 않았고, 남풍이 불어오지 않았다. 어머니는 아버지와 살러 돌아왔다. 나는 그것이 마라무가 원한 바라고 생각한다. 나는 마라무에 대한 소식을 잘 듣지 못했다. 누군가로부터 그녀가 토미와 결혼했고, 세계일주를 했다는 걸 들은 게 고작이었다. 시간이 흘러갔다. 당신들은 세상 사는 일에 대해 말하고, 병에 걸리고, 그 병으로 죽을 수도 있다고 생각하며, 그러다가 몇 년이 지나면 그것 또한 추억에 지나지 않게 된다.

보물
Trésor

말[馬]이 더이상 쓸모가 없을 정도로 늙어버렸을 때, 목을 따버리는 대신에 산에 풀어주어 자유를 한껏 누리며 죽음을 맞이하도록 하던 시절이 있었다. 사마웨인의 아버지는 그 시절 이야기를 그에게 들려주었다. 그는 아버지가 태곳적 정령들이 아직 샘물 근처의 페트라\*에서 인간들과 함께 살던 시대, 정령들이 바람과 뇌우를 다스리고 죽음의 비밀을 간직하고 있던 그 시대에 대해 이

---

\* 요르단 남부에 있는 고대도시 유적. BC 2세기 나바테아 왕국의 수도가 된 이래 메소포타미아와 이집트, 홍해와 지중해를 연결하는 대상(隊商)도시로 번영하였다. 1812년 스위스의 요한 루드비히 부르크하르트에 의하여 발견되었다. 시가지 입구는 동쪽의 시크, 남쪽의 투그라, 북쪽의 투르크 마니에라 세 개의 협곡으로 이루어져 있으며 곳곳에 뛰어난 기술로 세워진 건축물과 수로 등이 남아 있다. 페트라의 입구인 알 카즈네는 보물이라는 뜻을 가지고 있다.

야기하던 목소리를 기억하고 있었다.

그 무렵에, 베두인 족의 다섯 가문이 정령들과 계약을 맺었고, 정령들은 그들을 계곡 한가운데에 있는 정령의 도시에 자리잡게 했다. 아이들은 양떼를 산비탈로 몰고가서 풀을 뜯게 했고, 남자들은 알 바이다 앞의 들판에서 저절로 자라나는 부드러운 보리를 거두어들였다. 샘에서는 물이 펑펑 솟구쳤고, 여자들은 그곳으로 맑고 끊임없이 흐르는 물을 길러 갔다. 노파들은 절벽에 패어 있는 무덤들 속에서 불을 피웠고, 그리하여 저녁이 되면 계곡 전체가 부족 사람들이 피우는 연기로 가득 찼다.

사마웨인의 아버지는 또한 금기에 대해서도 이야기했다. 그 시절에는 아무도 과거의 비밀을 알려 해서는 안 되었다고 했다. 절대로 낯선 사람들을 '보물'에 가까이 다가가게 해서는 안 되었는데, 정령들이 질투를 하고 분노했기 때문이다. 만약 불행히도 외부인이 정령의 도시로 들어와 보물에 접근하려 하면, 정령들은 복수를 할 것이고, 베두인 족은 페트라로부터 영원히 추방될 것이었다.

사마웨인의 아버지는 그렇게 말했고, 그가 말한 대로 모든 것이 이루어졌다. 그의 아버지가 바다 건너편으로 떠나 돌아오지 않았기 때문에 이제 사마웨인은 이 세상에서 혼자였다. 베둘* 족의 다섯 가문은 결국 정령의 도시로부터 멀리 추방되었고, 그들을 위해 정부에서는 하나같이 똑같은 시멘트 집들로 마을을 건설했다. 아이들은 폐허를 배회하면서 정령들이 돌 위에, 도자기 파편 위에 남긴 그림들을 손으로 더듬어 읽었으며, 보이지 않는 틈이 무너져버린 궁전의 마당에서 피워올리는 먼지 구름을 바라보았다.

사마웨인은 검은색 여행가방을 열었다. 그의 아버지가 바다 저편에서 가져온 가방이었다. 그것은 견고하게 만들어진 철제 부품과, 네 개의 숫자를 맞춰 열게 되어 있는 자물쇠가 달려 있는 멋진 가방이다. 비밀을 알고 있는 자만이 가방을 열 수 있는데, 사마웨인은 그 비밀을 알고 있는 유일한 사람이다. 집안의 다른 사람들, 외삼촌과 조카들은 비밀을 알지 못한다. 또한 그들은 가방 속에 무엇이 들어 있는지도 모른다. 아마도 보석류나 금 또는 지폐? 그렇게 믿고 있다. 그리고 사마웨인은 그들이 그렇게 믿고 있다는 사실에 만족한다. 가방을 열어보고 싶을 때는 외삼촌의 집을 나와서, 가능한 한 깊숙이 들판으로 들어간다. 그는 검게 탄 정령들

---

\* 페트라에 거주하는 베두인 족을 따로 일컫는 말.

의 계곡이 한눈에 내려다보이는 절벽 끝까지 걸어간다. 그곳은 오래 전에 아버지와 함께 와서 정령들에 대한 이야기를 듣곤 하던 곳이다. 그는 울림이 풍부하던 아버지 목소리와 어깨에 놓이던 아버지의 손을 기억한다. 모든 것이, 말과 숨결이, 아버지의 손에서 느껴지던 힘과 그의 눈 빛깔이 사라져버렸다. 이제, 검게 탄 풍경과 어느 날 바다 건너로부터 도착한 그 가방밖에는 남지 않았다. 사마웨인이 그곳에 오는 습관을 얻게 된 것은 바로 그래서, 기억하기 위해서이다.

그의 사촌들은 베둘 마을을 둘러싸고 있는 돌담 위에 올라가서 몸을 앞으로 굽히고 사마웨인의 거동을 살핀다. 그들은 보물에 관해 전혀 모른다. 그러다가 그들은 홧김에 돌을 던지고 독수리처럼 씨익씨익 휘파람 소리를 낸다. 그러나 감히 사마웨인에게 다가갈 엄두는 내지 못한다. 그들은 그에게 정령들의 비밀이 어려 있음을 알고 있다. 그 비밀을 범하는 자는 보이지 않는 원에 갇히고, 그 원이 그를 미치게 하여 자기 자신의 그림자 위를 걷게끔 만든다는 것이다.

사마웨인은 숫자를 돌려서 자물쇠를 풀고, 천천히 가방의 덮개를 열었다. 그는 교활한 바람이 몰려들어 가방 안의 것들을 날려버릴까 두려워 언제나 가방을 천천히 연다.

가방 안에는, 끈으로 묶인 종이뭉치와 사진과 편지들이 있다.

그것이, 고작 종이와 사진이 바로 보물이다. 그러나 덮개를 들어올릴 때마다 사마웨인은 행복하다. 그의 눈은 빛나고 얼굴은 밝아지는데, 그 때문에 사람들은 가방 안에 금이나 은, 달러 묶음이 들어 있을 것이라고 상상하는 것이다.

사마웨인은 외삼촌의 집에서는 절대로 가방을 열지 않는다. 그는 가방을 침대 옆의 바닥에 놓고, 의자처럼 그 위에 쿠션을 올려놓는다. 어느 날 그는 알리가 가방을 열려고 애를 쓰는 것을 발견했다. 알리는 숫자를 하나씩 가늠하면서 돌리고 있었다. 그는 사마웨인이 들어오는 소리를 듣지 못했다. 사마웨인은 그에게 달려들어 목을 움켜쥐었고, 둘은 싸움을 벌였다. 알리는 동네에서 가장 힘센 아이여서 쉽게 사마웨인을 바닥에 쓰러뜨리고 목을 조르려 했다. 그는 목울대 부분을 눌렀고, 사마웨인은 숨이 막히기 시작했다. 그때 외삼촌이 방 안으로 들어왔다. 그는 낙타를 몰 때 쓰는 막대기를 집어들고서 자기 아들 알리를 때렸고, 또 사마웨인을, 그러나 다리 부분만을 때렸다. 외삼촌은 화가 무척 나서 욕을 퍼부었고, 거지나 식충이와 다를 바 없는 놈들이라고 소리쳤다. 그 후로, 알리는 다시는 그 검은 가방을 열어보려고 하지 않았다. 아마도 만약 그가 부탁을 했더라면, 사마웨인은 그에게 보물인 편지들과 노랗게 바랜 사진들을, 그중에서도 특히 그가 어머니라고 부르는 여인, 바다 저편에서 왔다가 그의 아버지를 데리고 떠나버린 금발의 외국 여인의 팔에 안겨 있는 자신의 아기 적 모습이 담긴 사진을 그에게 보여주었을 것이다.

그는 그 금발의 여인이 어머니가 아니라는 것을 잘 알고 있다. 그의 진짜 어머니는 그를 낳다가 죽었다. 그러나 그는 가방 안의 것들에 대해 알고 난 후에, 그 여인을 어머니로 선택한 것이다.

사마웨인은 바람에 흔들리는 사진들을 바라본다. 사진 뒤에 영어로 적혀 있는 글귀를 주의깊게 읽는다. 'Love, Sara.' 그를 빼고는 아무도 그 뜻을 모른다. 그 단어들은 묵직하게 그의 눈꺼풀을 내리누르고, 그의 심장을 너무 빨리 뛰게 한다. 저 아래 내려다보이는 검게 탄 계곡은 황량하다. 더이상 연기가 피어오르지 않고, 새들조차 침묵해버렸다. 아버지가 떠난 것도 그 때문일 것이다. 비밀은 때로 지니고 있기에 너무 무거운 것이다.

1990년 겨울, 엘지

그리하여, 나, 요한 부르크하르트는 다시금 시간의 신비 속으로 들어간다. 그토록 힘든 일들을 겪고 그토록 주저한 후에 비로소 나는 그 성벽에 다가가서 시크의 통로(그 여행자가 자신의 일기에서 그렇게 불렀다) 속으로 들어선다. 꼭두새벽의 박명 속에서 산들은 한결 더 기괴해 보였고, 어딘가 불길하고 신비로운 기운이 감돌았다. 나는 죽은 자들의 도시에 혼자 들어가기 위해 안내인들을 거절했다. 근방의 모든 것이 황량하게 버려져 있었다. 마을, 호텔 주변, 심지어 예전에 말을 빌려주던 동굴까지도. 이 골짜기로부터 생명이 빠져나가버렸고, 눈길이 다른 곳으로 돌려졌다. 1812년 8월로 나는 돌아왔고, 그때 모든 것이 시작되었으며, 나의 이름을 가진 그 여행자는 이 오솔길을 걸어서 시크가 열리는 불타버린 성벽 쪽으로 내려가고 있었다.

나도 역시, 죽은 자들의 세계로 들어간다. 밤의 그림자로부터 빠져나오지 못한 돌들은 죽음의 창백한 색깔을 띠고 있다. 어떤 것들은 눈구멍이 뚫리고 이 빠진 턱이 매달려 있는 두개골과 흡사했다.

나는 무덤 속으로 들어가기로 했다. 바닥은 느껴지지 않을 정도로 아주 미세한 먼지로 덮여 있었다. 나는 그 여행자도 협곡으로 들어서기 전에 그곳에 들어가보았다는 것을 알고 있다. 안에서는 오줌 지린내가 났고, 입구에는 염소똥이 널려 있었다. 그가 이 무덤 안에 들어왔을 때, 안내인은 밖에서 기다리기로 하고서, 늙은 염소를 먼지 구덩이 속에 풀어놓고 돌 위에 걸터앉았다. 아마도 안내인은 그가 생리적인 욕구를 해결하기 위해 그 무덤 속으로 들어갔다고 생각했을 것이다(그 이방의 여행자는 안내인이 그렇게 생각해주기를 바랐을 것이다). 이윽고 그들은 협곡 입구에 정령들이 만들어놓은 다리 앞에 이르렀는데, 다리는 현기증이 날 정도로 까마득히 높은 곳에 걸쳐져 있어서 누구도 접근할 엄두를 낼 수 없을 것 같았다. 그때 이미 안내인은, 망토로 몸을 감싸고 어설프게 터번을 머리에 쓴 그 기묘한 외국 남자가 죽은 자들의 비밀스런 보물을 훔치기 위해 이곳까지 왔다는 사실을 알아차리고 여행자를 감시하고 있었다. 안내인은 염소를 잡아맨 끈을 당기며 걸었고, 염소는 길 끝에서 자기를 기다리고 있는 게 뭔지를 안다는 듯이 걷지 않겠다고 버둥거렸다. 먼지로 범벅이 된 누르스름한 털 밑에서, 염소의 심장은 아주 빠르게 뛰었고, 가쁜 호흡이 여윈 옆구리를 부풀어오르게 했다.

지금, 나 또한, 비밀이 숨겨져 있는 곳을 향해 걸어간다. 희미한 빛 속에서 안내인의 여윈 실루엣이 보인다. 더 빨리 걷기 위해, 그는 신발을 벗어서 돌 밑에 숨기고는 늙은 염소를 어깨에 둘러멨다. 여행자는 와디 무사*에 있는 기적의 샘의 물을 채운 가죽부대를 가지고 있다.

태양이 내 뒤에서 떠오르며 하늘과 절벽 꼭대기를 환하게 비춘

---

* 모세의 계곡. 모세가 지팡이로 반석을 두 번 치자 물이 솟았다는 '모세의 샘'이 이곳에 있다고 한다.

다. 먼지가 협곡 위로 날아오르고, 재처럼 떠올랐다가 가라앉는다.

나는 바그다드의 도로 위로 피어오르던 사막의 먼지를 생각한다. 전쟁의 소음이 세상을 덮고 있는데 여기에는 정적뿐이다. 인간들의 분노는, 사람들이 목을 따버린 짐승의 피처럼, 산과 주변의 계곡으로부터 물러났다. 그 이방의 여행자와 안내인이 이곳을 걸어간 지 이미 백 년이 지났지만, 그들의 흔적을 보고 그들의 냄새를 맡을 수 있을 듯이 여겨진다.

나는 전에 성난 물이 돌과 마른 나뭇가지들을 튕기며 쉬지 않고 격렬하게 흐르던 자리를 따라 걷는다. 그러나 지금은 발밑에서 먼지가 피어오른다. 잿빛 먼지 구름에 휩싸여 숨이 컥컥 막힌다. 얼굴에 손수건을 둘러맨 나는 눈꺼풀을 찡그린다. 먼지가 옷과 신발 속으로 파고든다. 골짜기에는, 깎아지른 암벽 위에는 아직 밤의 조각들이 걸려 있다. 협곡이 너무 좁은 탓에 불그죽죽한 내장 색깔의 차가운 절벽이 어깨에 와닿는 것을 느낀다. 터번 자락으로 얼굴을 가리고서 협곡 속으로 깊숙이 걸어들어갔을 때, 그 여행자는 나와 같은 것을 느꼈을까? 그의 앞에서 안내인은 다리를 묶은 염소를 어깨에 메고서, 발밑에서 무너져내리는 돌더미 속을 비틀거리며 빠른 속도로 나아가고 있었다. 나처럼, 아마도 그때 그는 대지의 중심으로, 그 기원의 비밀로, 죽음이 지배하고 있는 그 붉은 복부로의 하강에 대해 생각하고 있었을 것이다.

그런 생각이 지금 내 심장처럼 그의 심장을 조여왔을 것이다. 그는 먼지에 숨이 막혔다. 날이 무척 더웠다. 그들의 머리 위에서 산들이 불타고 있는 모습이 마치 내 기억 속에 간직되어 있는 것 같다. 바소라 쪽의 광막한 사막 위에서, 새벽하늘이 붉게 타오르고 있었다. 그리고 지금 나는 같은 땅 위를 걷고 있다. 같은 하늘 밑에, 갈라진 땅 속 깊은 곳에서 먼지를 뚫고 비치는 같은 햇살을 보고 있다. 때로 시크가 너무 좁은 탓에, 가파른 암벽들의 일부분이 서로 닿아 있는 것처럼 하늘을 가리고 있다.

안내인은 여행자와 멀리 떨어져 저 앞에서 멈추지 않고 걸었다. 자갈 위를 걸어가는 발자국 소리와 염소가 헐떡거리는 소리가 내 귀에 똑똑히 들리는 듯하다. 낮의 햇살이 점점 더 퍼져갈수록 암벽 위에 나 있는 흔적들, 아주 높은 곳에 패어 있는 그 균열들, 거의 지워져 이미 지질시대로 되돌아가버린 표지들이 내 눈에 선명하게 들어온다. 심장이 너무 빠르게 뛰어 숨을 쉬기가 어렵다. 다른 세계 속으로, 정령들이 흔적을 남겨놓은 세상 속으로 들어온 것이다. 시간이란 심장의 박동에 불과한 것이고, 이제 나는 그 여행자에게 아주 가까이 와 있다. 지금 나는 그의 그림자 속에서 걷고 있다.

나는 한 표지 앞에서 걸음을 멈추었다. 왼쪽으로, 급류의 충적층 가까이에 절벽을 파서 만든 작은 지성소가 있다. 그 밑에서 물이 소용돌이를 일으킨 모양인데, 지성소의 아래쪽만 물살에 깎여 나갔을 뿐이다. 지성소의 안쪽에서는 빛이 흐릿하여 형태가 불분명하긴 하지만, 돌로 된 달걀처럼 둥그스름한 형체가 모습을 드러낸다. 붉은 낭떠러지의 부서진 암벽 위에서, 먼지와 말라붙은 소용돌이 위에서, 깨지고 각진 것들 한가운데에서, 온통 황폐하고 끔찍한 것들 사이에서 그 둥근 형체는 실로 기묘하면서도 온화한 인상을 주는 것이어서, 나는 꼼짝도 않고 서서 그것을 바라보았다. 여행자가 처음으로 시크에 들어왔을 때, 그도 역시 그것을 보았을 것이다. 안내인은 뒤로 돌아나가기 위해 염소를 바닥에 내려놓고는, 분노의 말을 내뱉으며 여행자가 입고 있는 긴 옷의 소매를 잡아당겼을 것이다. 그것은 마법의 돌이었고, 그 돌은 거울처럼 그를 바라보고 있었다. 잠시 후, 그들은 협곡 깊숙이 난 길을 다시 걷기 시작했고, 이윽고 자신들의 발걸음이 피워올린 먼지의 소용돌이 속으로 사라져버렸다.

그리고 나, 나 또한 비밀을 향해서, 그때와 같은 먼지 구름 속으로 들어간다. 심장은 아주 세차게 뛰고, 목이 말라온다. 곧 보게 될 것이 무엇인지 알기 때문이다. 나는 그 순간을 기다린다. 그것은 내 앞에 있으면서도 아직 드러나지 않았고, 그러면서도 이미 내 시야를 불태우고 있다. 절벽의 모퉁이를 지나고 갈라진 틈에 이를 때마다, 나는 그것을 보게 되리라 기대한다. 그러나 매번 내가 아주 오래 전에 지나쳤던 길로 되풀이해서 돌아오고 있는 듯이 여겨진다. 나는 꿈속에서 걷고 있다. 아니면 취리히에 있는 나의 할아버지의 서가에서 읽었던 책, 다마스쿠스, 케락, 샤우박*, 만, 아카바**와 같은 전설적인 장소들에 대해 씌어 있는, 붉은 가죽으로 장정된 그 책 속을 걷고 있는 것인지도 모른다. 그 책에는 또한 엘지, 와디 무사, 시크, 그리고 리아텐이라는 이상한 이름의 종족에 대해서도 씌어 있었다. 그것은 내 깊은 곳에 씌어진 나 자신의 이야기였다. 걸음을 떼어놓을 때마다 나는 그 이야기를 기억해냈다. 마음이 심하게 동요되어 걸음을 멈춰야 했고, 호흡을 가다듬기 위해 돌 위에 앉아야 했다. 이제 해는 시크 위에 걸려 있고, 하늘은 타오르고 있다. 협곡에는 아직 그늘진 웅덩이들이 있고, 땅 밑으로 물이 흐르는 것이 느껴진다. 당장이라도 말들이 처음으로 내달리는 소리와 관광객들과 동행한 안내인의 외침 소리가 울릴 듯하다. 밤과 낮 사이의 이 순간은 어느새 사라져버리고 만다. 당장이라도 비행기들이 이라크 상공을 어둡게 뒤덮고서, 폭탄의 융단을 떨어뜨릴 듯이 여겨진다.

만약 내가 지금 그 비밀에 도달한다면, 모든 것이 달라질 것이다. 그리고 나는 최초의 여행자의 시대에, 아직 순결한 세상이 둥

---

* 요르단의 지명. 케락과 함께 십자군 원정 때 지어진 성(城)으로 유명하다.
** 요르단 남서부의 항구도시.

근 지붕과도 같은 하룬 산* 주위를 천천히 돌고 있던 시절에 다다를 수 있을 것이다.

바로 그 순간 나는 번민에서 벗어나기 위해 달렸다. 그때 나는 내 앞에서 시크의 경사진 곳에 가려져 있는 안내인과 여행자의 모습을 알아보았고, 그들이 내는 발자국 소리를 들었고, 그들의 숨소리와 벌벌 떨고 있는 염소의 울음소리를 들었다.

갑자기, 나는 그것을 보았다. '보물'. 가벼움, 부드러움. 새로움. 어떤 생각, 생각을 넘어선 어떤 꿈. 구름의 색깔. 그것은 그렇게 그에게 나타났다. 그날, 1812년 8월 22일 아침 여덟시경에, 시크의 출구에 이르렀을 때, 그토록 힘든 일들을 겪고 그토록 주저한 끝에, 오로라처럼 광막하고 환한 '보물'을 산의 검은 암벽들 사이에서 발견한 것이다. 나처럼, 그때 그도 먼지 바람의 소용돌이에 휩싸여 그 자리에서 비틀거렸다. 그는 물이 든 가죽부대를 바닥에 내려놓고서, 더 잘 보기 위해 앉았다. 안내인도 발을 묶은 염소를 땅바닥에 내려놓고서, 함께 정령들의 거처를 바라보았다. 그러다가 그는 부르크하르트 쪽을 돌아보며 물었다. "뭐 하는 거요?" 여행자는 몸을 앞으로 수그리고, 옷 밑에 감춘 수첩을 꼭 쥐

---

* 아론의 산. 구약성서에 나오는 호르 산으로, 여기 아론이 묻혀 있다고 전한다.

면서 말했다. "더이상 못 걷겠소. 너무 피곤해요. 잠시 여기서 쉽시다." 그러나 그렇게 말하는 그의 눈은 빛나고 있었다. 그는 전혀 피로를 느끼고 있지 않았다. 심장은 더욱 세차게 뛰고, 그의 두 눈은 타오르고 있었다. '보물'을 발견했으므로. 꿈이야, 그는 생각했다. 꿈을 꾸며 보낸 간밤의 여운으로 아직도 망각의 가장자리에서 떨리고 있는 끝나지 않은 꿈. 돌로 만들어진 얼굴처럼 솟아오른 꿈. "갑시다. 서둘러야 해요. 하룬의 무덤은 아직 멀고, 정령들이 사방에 있어요." 안내인의 검은 얼굴은 경직되어 있고, 시선은 금속처럼 날카로워져 있었다. 그는 무덤을 등지고 너덜너덜한 망토를 바람에 흩날리며 그 자리에 서 있었다. 그의 발치에서는, 도살당할 짐승처럼 발을 묶인 늙은 염소가 뒷발질을 하며 바닥을 기고 있었다.

내 가슴에서는 심장의 울림이 일어난다. 전쟁이 불러일으키는 고독감은 치명적이다. 나는 아이들의 목소리와 날카로운 외침을, 돌을 조각하는 인부들의 큰 망치 소리를 듣는다. 튀어오르는 돌가루의 냄새, 남자들의 땀냄새도 맡는다. 나는 그들과 같은 하늘 밑에 있고, 같은 바람을 호흡하고 있다. 구름들이 영원히 흘러간다. 저쪽으로, 약간 더 멀리 떨어진 곳에, 알 하자라 도로 위로 같은 구름들이 지나가고, 그 그림자는 세상이 시작된 두 강줄기가 합쳐지는 곳까지 수월하게 흘러간다.

나는 같은 바람과 같은 먼지를 들이마신다. 나는 새들의 같은 울음소리, 까마귀들이 깍깍거리는 소리, 독수리들이 씨익씨익거리는 소리를 듣는다. 돌들 위에, 땅바닥 여기저기에, 납작한 파리들이 있고, 여윈 풀들이 바람에 몸을 떤다. 나는 기억의 골짜기 속에, 시간이 그림자처럼 웅크리고 숨어 있는 틈 속에 존재한다. 나는 나 자신의 그림자 위를 걷고 있다.

나는 '보물'의 맞은편으로, 골짜기의 다른쪽 절벽 위에 뚫려 있는 무덤 속으로 들어갔다. 나는 바위를 기어올라가서 동굴 입구에 앉았다. 암벽을 파서 만든 커다란 방이었다. 벽면은 붉은색이었는데 그을음으로 얼룩져 있었다. 절벽 꼭대기에서 시작하여 무덤을 가로질러 지구의 중심으로 내려가는 균열이 있었다. 나는 그것을 보고서, 마치 그 균열이 정말로 세상을 두 쪽으로 가르고 있기라도 한 듯이 부르르 몸을 떨었다. 나는 고르 주(州)에 대해, 와디 무집의 거대한 계곡에 대해, 그곳에서 보았던 용암이 만들어놓은 단층에 대해 생각했다. 이렇게 여행자 부르크하르트는 담벼락과 구렁을 지나 이곳에, 이 자리에, '보물' 앞에 앉게 되었다. 그는 안개가 끼어 있는 역청색의 바다를 바라보았다. 그는 자신의 무덤 속으로 들어오듯, 그러나 정말로 여행의 목적지에 다다른 것인지는 확신하지 못하면서 이곳에 들어왔다. 나는 그가 남긴 자취들 위를 걷는다. 지금 나는 절벽에 남아 있는 흔적들에서,

나 자신의 이야기를 읽는다. 나는 같은 동굴 속으로, 같은 방 속으로 들어선다.

그때 안내인은 염소를 어깨에 짊어멘 채, 골짜기 쪽으로 분노와 두려움이 섞인 눈길을 던졌을 것이다. "여기서 어물거려서는 안 돼요. 산적들이 우리를 덮칠 거예요." 나는 염소의 울음소리를 듣고, 털을 더럽히는 염소의 오줌 냄새를 맡는다. 나는 물이 든 가죽부대를 어깨에 둘러메고서 계곡 안으로, 정령들의 도시를 향해 걷는다.

이제 해는 구름 한 점 없는 하늘에 높이 떠 있다. 관광객들이 도착하기 시작했다. 모두 이십여 명가량 되었는데, 전조등을 켜고 자동문을 잠그고서 텅 빈 심연으로부터 달려온 듯한 관광버스가 마을의 입구에 있는 극장 앞에 그들을 쏟아놓았다.

관광객들은 로마 시대의 가도를 따라 걷는다. 그들은 다양한 색깔의 챙 달린 모자를 쓰고 있다. 대부분 이탈리아인이고, 에스파냐인도 섞여 있다. 이라크에서 벌어지고 있는 전쟁은 그들과 아무런 상관이 없다. 그들은 큰 소리로 떠들고 사진을 찍는다.

가도를 따라, 싸구려 상품을 파는 상인들, 모래를 파는 상인들, 채색한 유리 조각과 가짜 나바테아 도자기 파편과 녹슬고 오래된 못 따위를 늘어놓고 웅크리고 앉아 있는 검은색 옷의 베두인 족 여자들이 보인다. 소다수와 챙 달린 모자, 치클*을 파는 장사꾼들도 있다. 태양이 폐허 위에서, 아이들의 머리카락에서 빛난다. 벌레 끓는 단봉낙타 한 마리가 웅크리고 앉아서 웅얼거리는 듯한 소리를 낸다. 나는 멀리 도시 위의 언덕에서 발에 족쇄가 채워진 단봉낙타들이 겅중거리며 뛰는 모습을 본다.

도시가 끝나는 곳에서, 그 여행자는 '파라오 왕녀의 성'을 둘러싸고 있는 벽 앞에 앉았다. 그는 손을 옷자락 아래에 감추고서, 메모와 스케치를 하려 한다. 안내인이 소리친다. "네 놈의 정체를 알아, 배신자 같으니. 진짜 목적은 네 놈 조상들의 도시로 들어가는 거겠지. 하지만 여기에 감추어진 보물의 아주 조그만 조각이라도 절대 가져갈 수 없을 거야. 우리 땅에 있으니까, 우리 것이란 말이야." 그는 염소를 움켜잡고 계속해서 하룬 산을 향해 걸어갈 준비를 한다.

단체 관광객들은 무덤들 안으로 들어가 사원 계단을 올라간다. 그들은 긴 막대기를 든 선생님이 인솔하는 초등학교 학생들과 한데 섞인다. 그 아이들은 샤우박에서 왔다. 어떤 아이들은 북아메리카에 있는 대학의 이름이 새겨진 티셔츠를 입고 있다.

나는 도시 위에 있는 언덕으로 올라갔고, 눈에 잘 띄지 않는 오솔길을 걸어서 단봉낙타들이 떼로 모여 있는 곳으로 갔다. 나는

---

＊중남미산 사포딜라 나무의 유액. 추잉껌의 원료로 쓰인다.

돌기둥이 땅에 뿌리박고 있는 것을 보았다. 그것을 부르크하르트는 재미있게도 '하스타 비릴리스 파라오니스*'라고 불렀고, 아랍인들은 좀더 간단하게 '자브 피라운'이라고 부른다. 모든 게 고요하고, 돌들 위로 바람이 불면서 나는 살랑거리는 소리만 들릴 뿐이다. 내 뒤쪽 절벽 위에는 닳고 침식된 수많은 구멍들, 무덤의 입구들, 벌집구멍들이 뚫려 있다. 벌어진 눈구멍들. 그 아래로, 남서쪽에서 나는 와디 아트 투그라의 계곡, 물도 없이 햇볕에 타들어가는 깊은 균열을 본다. 그곳을 통해 그 여행자는 안내인과 함께 하룬 산 발치까지 걸어갔다. 나는 두 사람의 모습을 찾고 제물로 끌려가는 염소의 울음소리를 다시 들으려는 듯이 계곡 안을 유심히 살핀다. 계곡이 끝나는 곳에서 하룬 산은 다른 산들을 굽어보고 있다. 하얗고 둥근 지붕이 햇살을 받아 빛나고 있다.

이제 나는 내가 무덤까지 가지 않으리라는 것을 안다. 나는 단지 산 발치에 나만의 자리를 얻고, 늙은 염소의 피가 흐른 흔적을 만져보고 싶었다. 흙을 퍼서 내 얼굴에 바르고 싶었다. 붉은 흙먼지를 내 침에 섞어 눈꺼풀 위에 바르고 싶었다. 내가 이곳에 온 것은 그 때문이었다. 보기 위해서였다. 시간을 흘려보내기 위해서, 나의 이름을 가진 그 미지의 남자의 눈으로 보기 위해서였다. 그

---

* '늠름한 파라오의 창(槍)'이라는 뜻의 라틴어.

러나 아마도 이제는 너무 늦었다. 1월 17일, 밤하늘은 폭격기의 굉음으로 가득 찼다. 정령들의 도시에서 모든 것은 침묵에 빠졌으며 그 여행자와 안내인은 다시금 다가갈 수 없는 환영이 되어버렸다. 새벽이 되었을 때, 어느 순간, 나는 그들의 발자국 소리, 그들의 목소리, 안내인이 어깨에 메고 있는 늙은 염소의 구슬픈 울음소리를 들은 것 같았다. 그러다가 모든 것이 사라졌고, 모든 것이 다시 명료해졌다.

나는 도시 쪽으로 다시 내려갔다. 벌써 해가 지고 있다. 구름들이 서쪽 산들 위로 나타났고, 하룬의 무덤은 사라져버렸다. 절벽 아래에 다다른 순간, 한 소녀가 내 앞에 서 있다. 그녀는 맨발이었고, 베두인 족의 검은 튜닉과 푸른 바지를 입고 있다. 얼굴은 반투명한 베일로 가려져 있다. 나는 로마 가도를 통해 극장 쪽으로 걸어가는 여인들 중의 하나를 알아본다. 그녀는 이국적인 얼굴에 냉정한 표정을 짓고 있고, 두 눈은 호박색으로 강렬하게 빛난다. 곧 나는 그녀가 벙어리임을 알아차린다.

내가 가만히 서 있자, 그녀가 다가와서 오른손을 펼쳐 내민다. 손바닥 안에는 아주 빨간, 잉걸불 같은 색의 조약돌이 들어 있다. 그녀는 멈춰 서서 나를 바라보더니, 그 조약돌을 내 손에 쥐어준다. 얼굴은 굳어져 있지만, 두려워하는 기색은 전혀 없다. 그녀는 도발적인 야성의 아름다움을 지니고 있다. 베일에 가려진 머리카락은 한데 엉켜 있고, 얼굴은 먼지로 더럽혀져 있으며, 두 손에는 할퀸 자국들이 있다.

그녀와 함께 호텔에서 가져온 빵과 오렌지를 나눠먹는다. 나는 오렌지를 벗길 때, 아프리카인들처럼 바깥의 얇은 껍질만 제거한다. 나는 오렌지를 둘로 나누고, 그중 한쪽을 컵처럼 만들어 그녀에게 주어 빨아마시게 한다. 그 소녀는 내 행동을 흉내내어 주스를 마시고, 씨와 과육 조각들을 뱉어낸다. 그녀의 입술은 햇살에 갈라져 터졌고, 이가 없다.

먹기를 마친 그녀는 돌벽에 기대어 바위 그늘 밑에 몸을 웅크렸다. 그녀는 줄곧 나를 바라보면서 손가락 끝으로 흙먼지 위에 그림을 그린다. 나는 주머니에서 작은 수첩을 꺼냈다. 그 수첩 속에 나는 그 동안 시크 안에서 걸어온 모든 길, 바위들, 균열들, 무덤 안의 돌에 새겨진 홈들을 그려두었다. 그녀는 수첩을 가리키며 뭔가 쓰는 시늉을 한다. 글자들을 들여다보더니, 연필을 들고서 자기만이 알아볼 수 있는 이상한 서체로 원과 직선 같은 기호들을 그린다. 그녀는 그리기를 마치고 수첩을 돌려준다. 얼굴에는 어린아이같이 기뻐하는 표정이 떠오른다. 검은 얼굴 위에서 그녀의 두 눈은 거의 투명해 보인다. 그녀의 시선은 나를 꿰뚫고 들어와 내 속을 정적으로 가득 채운다.

나는 그녀의 진짜 이름을 알고 싶어한다. 나는 아무 이름이나 말하고, 그녀는 내 입술을 읽는다. 나는 아이샤, 메리엠, 사미라, 알리아, 한네라고 말한다. 그녀는 등을 빛에 드러낸 채 상체를 흔든다. 바람이 검은 튜닉을 부풀리고, 베일을 펄럭이게 한다. 그녀의 검은 얼굴 속에서, 그녀의 노란 두 눈은 신비한 빛을 발하며 반짝거린다. 저 아래, 골짜기 안에서 아주 천천히 움직이는 이탈리아 관광객들의 모습이 보인다. 소녀는 그들을 거의 쳐다보지 않는다. 어리고 마르고 야성적인 그녀는 항상 그곳에 있어왔다. 정령들의 도시를 다스리는 사람이 바로 그녀이다. 그 여행자와 리아텐 안내인이 제물로 쓸 염소를 메고 들어왔을 때, 그녀는 높은 벼랑 끝에 서서 그들을 바라보았다. 아마도 그녀는 '뱀들의 무덤' 쪽으로 나 있는 와디 아트 투그라 물길로 내려왔고, 잉걸불 색깔의 그 붉은 돌을 손에 쥐고 앞장서서 걸었다.

그때 순식간에 그녀가 아까 왔을 때처럼 사라졌다. 나는 그녀의 검은 실루엣이 와디 시야그 방향으로 절벽을 따라 뛰어가는 것을 본다. 그녀는 미끄러지듯 협곡 안으로 들어가서 그림자와 섞여들어간다. 산과 바람소리, 그리고 족쇄가 채워진 짐승들이 버둥거리는 황량한 언덕만이 남는다.

나는 이탈리아 관광객들과 함께 아래쪽 도시 안으로 되돌아갔

보물 175

다. 아랍 군대의 제복을 입은 베두인 병사가, 앉아 있는 암낙타 곁에 서 있다. 족쇄가 채워진 새끼 낙타도 한 마리 있다. 그 병사는, 반바지 차림에 배낭을 멘 두 젊은 캐나다 여자를 위해 포즈를 취한다. 그들이 떠난 후 나는 그 늙은 병사에게 담배를 권했고, 우리는 아무 말 없이 함께 담배를 피웠다. 내가 떠나려 할 때, 그가 암낙타의 이름이 에스파냐라고 영어로 말했다. 새끼 낙타는 아직 이름을 얻지 못했다. 그 짐승들은 그의 가족 소유였다. 낙타들에게는 이파리 세 개 모양의 표식이 찍혀 있었다.

관광객들은 차츰 흩어졌다. 장사꾼들은 좌판을 접어서 노새의 등에 실었다. 암낙타와 새끼 낙타는 발을 끌어 약한 소리를 내며 멀어져갔다. 계곡 안에 바람이 더욱 강하게 불기 시작했고, 정령들의 도시는 어두운 보랏빛으로 변해갔다. 내가 손에 쥐고 있던 돌도 검게 변해 있었다.

나는 와디 무사 쪽으로 돌아가지 않았다. 나는 와디 시야그의 물길을 따라 샘 쪽으로 걷기 시작했다. 나는 공허함과 초조함을 느낀다. 그 벼랑들과 풍화된 바위들을, 깔리기 시작하는 어둠을 향해 열려 있는 무덤의 눈을 보고 싶다. 그곳은 시간을 초월한 그 여행자의 눈에 그렇게 비쳤다. 석양을 받으며 협곡을 따라 하룬 산의 발치 쪽으로 걷고 있을 때, 그 여행자도 같은 초조함과 공허함을 느꼈다. 그는 서둘러 안내인을 따라 제물을 바치는 장소로 갔다. 그는 헐떡거리는 염소의 목에서 피가 솟구쳐서, 잉걸불처럼 붉은 피가 먼지 덮인 바닥으로 흘러내리기를 기다렸다. 나를 인도하는 것 역시 그 피, 손바닥에 남아 있는 갈색 자국, 벙어리 소녀가 보석처럼 내게 건네준 그 돌이다. 그 돌은 내 손을 뜨겁게 달군다. 그것은 전쟁의 불행한 숙명에 대항할 수 있는 내 유일한 부적이다.

나는 갈증으로 목이 탔다. 벙어리 소녀와 오렌지를 나눠먹은 후로 나는 아무것도 마시지 않았다. 입 안에는 침이 남아 있지 않고, 입술에서는 피가 난다. 절벽의 높은 암벽은 양쪽으로 화덕처럼 공기를 달구고, 낮 동안 축적해둔 빛을 되살려낸다. 붉은 돌은 내 손에 찌르는 듯한 통증을 일으킨다.

나는 왠지도 모르고 어디로 가는지도 모르면서 걷는다. 샘을 찾아야 한다. 그것만이 내 머릿속을 맴도는, 유일하게 중요한 사실이다. 하비스 십자군 요새의 깎아지른 절벽을 지나자, 와디 시야그가 커다랗게 곡선을 그리고 있다. 그곳이 바로 예전에 석수들이 돌덩어리를 구하러 온 곳이다. 산은 도끼질을 힘껏 해댄 것처럼 깎여 있다. 채석장 밑에는 경작지, 밀밭이 있다. 시냇물이 자갈과 모래가 깔린 강바닥 위를 구불구불 흘러간다. 아무도 없다. 내 귀에는 여전히 어딘가, 아마도 계곡 깊숙한 곳에서 울리고 있는 까마귀들의 깍깍대는 소리와 저 높은 곳에서 맹금들이 끼룩거리는 소리가 들린다. 나는 흔적을, 그녀의 맨발이 모래 위에 남긴 가벼운 흔적을 찾으며 걷는다. 그 소녀는 한 시간 전에 이곳으로 지나간 것이 틀림없다. 그녀는 시냇물을 거슬러올라가서 샘 쪽으로 갔을 것이다. 그곳이 그녀가 사는 곳이다. 나는 내게 와닿는 그녀의 시선을, 신비하고 맑은 그 시선을, 어떤 말과 모욕으로도 흐트러지게 할 수 없는 그 시선을 느낀다. 나는 숨을 돌리지 않고 붉은 돌을 오른손에 쥐고서 걷는다.

밤이 되기 직전에 마침내 나는 샘을 찾아냈다. 그녀는 골짜기 깊숙이, 가시덤불과 관목들 속에 숨어 있다. 나는 나무 뿌리를 잡고서 협곡 속으로 더 깊이 들어가고, 협죽도 따위의 잡목림 속으로 기어들어간다. 때때로 나는 더 잘 듣기 위해 움직이지 않고 숨을 멈춘다. 어딘가, 아주 가까운 곳에서 물이 흐르는 소리, 목소리처럼, 벙어리 소녀의 말소리처럼 더할 나위 없이 부드러운 소리가 들려온다. 나는 진흙탕을 기며 앞으로 나아간다. 덤불이 눈을 찌르고, 협죽도 가지들이 회초리처럼 매섭게 내리친다. 그때 나는 그것을, 모기들이 반짝거리며 날아다니고 있는 푸른 물을, 바위와 관목의 가지들로 덮인 산의 아랫배에서 조용히 솟아나오고 있는 비밀스런 물을 본다. 잠자리 한 마리가 물 위를 날고 있다.

내가 보러온 것은 바로 그 물이다. 그 샘은 그녀, 정령들이 남긴 폐허를 돌아다니며 조약돌을 나눠주고 있는 그 가련한 벙어리 소녀의 것이다. 샘은, 바로 그녀이다. 물은 그녀가 가지고 있는 생각의 색깔을 띠고, 그녀의 입을 통해 말을 한다. 나는 모기들에게 둘러싸여 진흙탕 위에 배를 깔고 엎드려 있다. 나는 그녀의 시선을 느낀다. 그녀는 거기에, 덤불숲 속에 숨어 있다. 그녀가 염소떼에게 물을 먹이는 곳이 여기다. 물웅덩이의 가장자리에, 발굽 자국과 동들동글한 똥이 남아 있다. 그녀의 옷에서 풍기는 냄새, 그녀의 숨결에서 나는 냄새도 있다. 나는 몸을 떤다. 천천히 나는 물가로 기어가서, 손바닥으로 모기들을 쫓으며 에메랄드 색깔의 차가운 물을, 충만한 생명력으로 무르익어 있는 물을 마신다.

차츰 어둠이 깔린다. 멀지 않은 곳에서 산비둘기들이 꾸루룩거리고, 두꺼비들이 울고, 흐릿한 하늘에서는 박쥐들이 어지럽게 날아다닌다.

나는 행복하다. 마치 그 물에 취한 듯하다. 다시 계곡을 내려가서, 시야그 강이 높이 자란 풀과 밀밭을 가로질러 구불구불 흘러가고 있는 강가에 이른다. 이제 나는 더이상 고독을 느끼지 않는다. 여기, 페트라에서 나는 다른 세상, 예전의 그 여행자는 결코 들어가보지 못한 세상으로 통하는 입구, 바로 그 문 가까이에 있다. 바깥 세상에서는 전쟁이 수치스러운 살인자든 저주받은 희생자든 가리지 않고 마구 인간들을 집어삼키고 있지만, 이 계곡에는 언제나 정령들이 살고 있다.

나는 계곡 아래, 시야그가 갈라지는 곳에서 그 무덤을 다시 발견했다. 지금은 비가 내리고 있다. 무덤의 문턱을 막 넘어서려던 순간, 나는 잠시 망설인다. 벙어리 소녀가 여기에 살고 있는 것이다. 무덤의 암벽 위에서, 나는 그녀의 모습을, 검고 긴 튜닉과 어깨 위로 풀어헤쳐진 머리카락을 본다. 벌써 밤이 그녀의 입술 위에 그림자를 드리웠다. 나의 심장이 얼마나 강하게 뛰는지, 몸 속에서, 팔다리에서, 두 팔의 오금에서 그 쾅쾅거리는 울림이 느껴질 정도이다. 무덤에 들어서면서 나는 봉헌하듯이 붉은 돌을 바닥에 내려놓는다. 그것은 내가 잊어버리려야 잊어버릴 수 없었던 아주 오래된 의식이다. 나는 딱딱한 바닥에 누워서, 잠시 내 자리를 찾는다. 무덤의 입구가 열리면서, 아스라한 잿빛 세계가 펼쳐진다. 연기의 냄새, 멀리 떨어져 있는 잉걸불의 냄새, 산 자들과 죽은 자들이 같이 잠을 자는 법을 알고 있는 시대의 냄새가 감돈다.

벙어리 소녀는 내 곁에 앉아 있다. 나는 그녀의 살갗과 옷에서 나는 향기를 맡는다. 그녀의 고른 숨소리를 듣는다. 그녀는 깨어 있고 나는 잔다. 나는 신이 아직 얼굴을 가지고 있지 않던 시대, 신의 영(靈)이 돌과 바람과 빗방울들, 지는 태양과 달빛이 비치는 호수에 깃들어 지배하던 시대에 대한 꿈속으로 빠져든다.

지금 나는 네게, 바다 저편에 살고 있는 네게, 그 머나먼 나라로 떠나 돌아오지 않는 네게, 결코 닿지 못하리라는 것을 알면서 이 글을 쓴다. 나는 바람이 사막으로부터 해가 저물어가는 쪽으로 불어갈 때, 그 바람에 실려보내기 위해 이 글을 쓴다. 오직 바람만이 그 산과 바다를 넘을 수 있기 때문이다. 네가 왔다가 다시 떠난 지 실로 오랜 시간이 지났다. 요즘 사람들은 전쟁 때문에 세계가 더이상 지속될 수 없을 것이라고 말한다. 나야말로 사마웨인 가(家)의 마지막 후예이다.

나는 꿈을 기억하듯 너를 기억한다. 그리고 그 꿈의 한순간 한순간을 잊지 않고 있다. 네가 너의 언어로 했던 그 말들. 네 맑은 눈빛, 금빛으로 빛나던 머리카락, 모든 사람을 놀라게 했던 그 화려하고 하얀 드레스. 우리 마을에서는 여자들이 검은색 옷만 입었다. 아이들이 네 뒤를 따라다녔다. 그들은 네가 가는 곳이면 어디든지 너와 함께 다녔다. 그때 너는 나를, 말을 빌려주는 사람들이 있는 곳의 암벽에 기대어 서 있는 나를 보았다. 왜 너는 나를 택했는가? 내가 아버지와 어머니가 없는 고아라는 사실을, 그리고 내가 가진 것이라고는 가방, 바랜 사진과 종이들 같은 보물이 들어 있는 가방밖에는 없다는 사실을 알아차린 것인가? 나는 너와 함께 정령들의 도시로 걸어갔고, 너를 따라 무덤 속으로 들어갔다. 날씨는 쌀쌀했고, 시크 안으로 모래바람이 불어왔다. 뽑혀진 덤불들이 넓은 로마 가도의 극장 위에서 빙글빙글 돌고 있었다. 네 눈에 먼지가 들어간 것을 기억한다. 너는 커다란 흰색 머플러로 머리를 감싸고 아무 말 없이 바람을 맞으며 걸어갔다. 나는 약간 앞에서, 개들이 그러는 것처럼 몸을 비스듬히 돌린 채 걸었다. 그해 겨울, 주변의 산에는 눈이 두텁게 쌓였고, 하늘은 눈 색깔을, 동쪽 지역은 장밋빛과 회색을 띠었다. 개울들이 얼어붙었다. 모든 것이 고요하고 얼어붙어 있었다. 이웃 마을에서 사람들이 하나둘 모여들었다. 추위에 쫓긴 늙은이들과 아이들은 예전처럼 다시금 무덤 속에 자리를 잡았다. 그들은 양떼들을 앞쪽으로, 골짜기 사이의 좁은 길로 몰아넣었고, 죽은 자들의 마을은 온통 동물들이 지르는 소리와 말에 탄 남자들의 외침으로 가득 찼다. 계곡은 파라오 시대처럼, 정령들과 인간들이 그 계곡 속에서 함께 살던 시대처럼 떠들썩했다. 삼촌 집안의 아이샤 할머니는 하룬 산으로 가는 길에 있는 '뱀들의 무덤' 속에 정착했다. 아이들은 날마다 새로운 사건을 기대하며 극장 앞에 있는 광장이나 로마 가도 위로 모여들었다. 그때 아무도 생각지 못하고 있던 중에, 네가, 금빛 머리카락과 하늘처럼 푸른 눈을 가진 네가 하얗고 긴 옷을 입고 나타난 것이다.

너는 나의 삶 속으로 들어왔다. 곧 나는 운명의 책 속에 모든 것이 씌어 있듯이, 이미 네가 오도록 되어 있었다고 생각했다. "네 이름이 뭐지?" 너는 이상한 억양으로 우리말을했다. 다른 아이들과 소년들이 주위에 모여들었고, 모두 검은 눈으로 너를 바라보았다. 그리고 앞다투어 너를 쳐다보고 네 옷을 만지고 하던 그 많은 아이들 중에서 너는 나를 택했다.

나는 며칠 동안 너와 함께 정령들의 도시를 가로질러 걸었다. 네 곁에서, 네 그림자 약간 앞에서 아침부터 저녁까지 걷는 것밖에는 달리 아무 할 일이 없었다. 때로 너는 머뭇거렸고, 절벽 중간에 자리잡고 있는 무덤들에 올라가기 위해 길을 찾았다. 너는 기호와 그림으로 가득 찬 커다란 지도를 가지고 있었다. 그래서 내가 앞장을 섰고, 네게 길을 가르쳐주었다. 찬바람이 네 얼굴을 벨 듯이 불었고 네 눈 속에는 눈물이 가득 고여 있었다.

네가 무덤 속에 들어갔을 때, 나는 밖에 머물러 있었다. 나는 계단 위에 앉아서 기다렸다. 저 아래 계곡에서는 바람이 먼지를 일으켜 아이들을 쫓아버리고 있었다. 베두인 족은 말들을 잡아맸고, 절벽의 외진 곳을 찾아 바위 뒤로 몸을 피했다. 그들은 담배를 피웠다. 나는 누더기가 된 옷을 걸치고 맨발에 뒤꿈치가 닳아버린 신발을 신고 있는 자브리 할아버지를 보았다. 그는 사람들이 자기 말을 훔쳐갈까 걱정이 되어서 그곳을 떠나지 않고 바닥에 앉아 있었다. 그는 그 말이 대단한 명마라도 되는 듯 애지중지했지만, 실상은 다리를 절고 눈이 거의 먼 말라깽이 말이었다. 너는 꿰매어 만든 수첩 안에 뭔가를 그려넣었다. 너는 문들, 벽들, 기둥들, 부조들을 그렸다.

매일 아침 너는 '보물'을 보고 싶어했다. 햇살이 무척 맑거나 아직 아무도 없을 때 너는 무덤 안으로 들어갔고, 나는 밖에 남아 맞은편 돌 위에 앉아 유골단지를 바라보며, 언젠가 그 단지가 열리면서 속에 든 금을 먼지 덮인 바닥에 쏟아놓는 상상을 하곤 했다.

얼마 후, 나를 더 잘 알게 된 너는 내게 배낭을 맡겼다. 나는 그렇게 생긴 것을 본 적이 없었다. 그것은 아주 부드러운 천으로 만들어지고, 색색의 꽃으로 장식되어 있었다. 배낭에서는 아주 감미로운 냄새, 너의 향수 냄새가 났는데, 지금도 나는 그 기억을 간직하고 있다.

나는 그 속에 무엇이 들었는지 들여다볼 생각을 감히 하지 못했다. 너는 미소를 지으며 그 배낭을 내 옆의 바닥에 내려놓았다. 나는 배낭을 지켰다. 무덤에서 나왔을 때, 너는 햇살과 바람으로 눈을 제대로 뜰 수 없었다. 너는 가방에서 검은 색안경을 꺼내어 썼다.

지금도 기억나는데, 어느 날 오후에 네가 말라키 무덤에서 나올 때, 햇살이 순간적으로 네 눈을 멀게 하는 바람에 너는 넘어졌다. 너는 무릎에 통증을 느꼈다. 나는 너를 도와 일으켰다. 너는 내 팔에 몸을 기대어 걸었고, 네 몸의 따뜻한 체온과 금빛 머리카락에서 나는 냄새가 내 심장을 아주 세차게 뛰게 했다.

또다른 어느 날 오후, 우리는 하룬 산으로 가는 길 위에 있었다. '뱀들의 무덤' 근처였는데, 어제 일인 것처럼 기억난다. 그 기억은 기쁨과 슬픔으로 나를 채운다. 가벼운 연기와도 같은 그 기억이 내가 너에 대해 지니고 있는 모든 것이기 때문이다. 너는 하룬의 무덤까지 가기를 원했다. 나는 안된다고, 네가 외국인이고 기독교인이어서 너를 거기로 인도할 수 없다고 차마 말할 수 없었다. 우리는 골짜기 안으로 들어가서 말라붙은 물길을 따라 걸었다. 나는 항상 그랬듯이 묵묵히 입을 다물고 약간 비스듬히 앞서서 걸어갔다.

그런데 우리가 '샘〔泉〕의 어머니'라고 불리는 산을 막 지났을 때, 갑자기 검은 구름이 하늘을 뒤덮더니, 세찬 바람이 골짜기 안으로 들이닥쳐서 먼지의 소용돌이를 일으켰다. 너는 흰 머플러를 뒤집어쓰고, 나는 터번을 얼굴에 감았다. 그러나 바람이 너무도 강해서 앞으로 나아갈 수가 없었다. 산에서 뽑혀나온 돌조각들이 공중으로 튀어올라 손과 얼굴에 상처를 냈다. 갑자기 비가 내리기 시작했는데, 어찌나 세차게 내리는지 숨을 쉴 수가 없었다. 산의 곳곳에서 물이 폭포처럼 쏟아져내려서, 핏빛의 개울물이 엄청

나게 불어났고, 천둥이 우르릉거리는 소리와 더불어 도처에서 굉음이 들려왔다. 너는 내 이름을 불렀다. 사마웨인! 나는 지금도 네가 외치는 소리를 들으며 두려움으로 몸을 떤다. 나는 네가 정신을 차리지 못하고 있다는 것을 알았다. 너는 두려워했다. 나는 네 손을 잡고서, 아이샤 할머니가 살고 있는 무덤의 입구로 통하는 무너진 바위들 쪽의 절벽으로 너를 이끌었다.

동굴 안은 집에 들어온 것처럼 따뜻했다. 우리는 비가 쏟아지고 번개가 하늘에 번쩍이는 무늬를 그려넣는 것을, 급류가 골짜기로 흙을 실어나르는 광경을 지켜보았다. 너는 오한으로 몸을 떨었다. 젖은 머리카락은 얼굴에, 어깨에 달라붙어 있었다. 너는 팔로 나를 감싸고서 아주 힘껏 껴안았다. 나는 한 번도 그런 순간을 경험해본 적이 없었다. 온 땅이 물과 바람에 쓸려가고 있는 동안, 급류 옆의 동굴 속에서, 우리는 세상에 우리 둘만 있는 것처럼 느꼈다. 번개가 산에 떨어져내려, 무시무시한 소리를 내며 산을 부쉈다.

하루 종일 우리는 동굴 벽에 기대어 웅크리고 앉아 있었다. 비가 그쳤을 때, 나는 옆 무덤에서 뭐라고 투덜거리는 아이샤 할머니의 목소리를 들었다. 나는 할머니의 거처로 가서 차와 먹을 것을 준비해달라고 말했다. 처음에 그녀는 내 말을 들으려 하지 않았고, 마녀처럼 위협하는 말을 늘어놓았다. 그때, 비 온 뒤의 저녁 햇살을 받으며 네가 왔다. 너는 태초의 정령, 이 골짜기와 샤라산에 사는 정령들밖에 없던 시기, 예언자 하룬이 이곳에 오기도 전의 정령만큼이나 희고 아름다웠다. 벼랑 가에서 아버지가 내게, 그리고 아버지의 아버지가 아버지에게 해준 말에 따르면, 그때는 이곳에 큰 강이 흐르고 초원이 끝없이 펼쳐져 있었다고 한다. 아이샤 할머니는 차를 끓이기 위해 불 위에 주전자를 올려놓았고, 나와 이방의 소녀를 위해 꾸러미에서 빵과 대추야자 열매를 꺼냈다.

너는 빵을 먹고 검은 차를 마셨다. 너는 열로 인해 몸을 떨었다. 바깥은 밤이 와서 캄캄했고, 단지 산 위에서 번갯불이 간헐적으로 번쩍거리고 있었다. 나도 역시 빵을 나눠먹었고, 혀가 델 만큼 뜨거운 차를 마셨다. 나는 더이상 내가 누구인지 알 수가 없었고, 마치 아주 옛날의 기억을 다시 살아가고 있는 듯이 여겨졌다.

그러고 나서 할머니는 불가에 자리를 깔았고, 너는 돌을 베개삼아 누웠다. 밤은 끝이 없었다. 나는 무덤 입구 내 자리에 터를 잡았고, 너 이방의 소녀가 자는 동안 밤을 새며 지켰다.

그 밤을 나는 잊을 수 없다. 그것은 나의 기억 속에 새겨진 나만의 밤이었다. 번개가 아로새겨진 밤은 무덤 주위를 돌았고, 흔들리는 불꽃이 잠들어 있는 네 긴 옷을 비추었다. 아이샤 할머니가 한 아름의 잔가지와 마른 뿌리들을 불 속에 던져넣자 연기가 소용돌이를 이루며 피어오르고 탁탁 소리를 내며 불티가 튀어올랐다.

밤은 절대로 끝나지 않을 듯이 원을 그리며 돌았고, 너, 이방의 소녀는 돌을 베개 삼고 바닥에 깔린 자리로 몸을 감싼 채 자고 있었다. 할머니는 연기에 그을려 훨씬 더 까매진 얼굴로 불가에 웅크리고 있었고, 나는 무덤의 입구에서 차가운 돌에 등을 기대고 앉아 있었다.

새벽에 불이 완전히 꺼지자, 할머니는 동굴 안쪽으로 자러 들어갔다. 비가 그쳤다. 내 눈은 피로로 충혈되어 있었다. 그러나 나는 잠들지 않겠다고 다짐을 한 터였다. 새벽이 천천히 물러나면서 바위들이 점점 더 붉은 색을 띠기 시작했다. 골짜기에서는 지난밤의 급류가 더이상 흐르지 않고, 응고된 피 색깔의 웅덩이들만 남아 있었다.

날이 밝기 전에, 나는 내 보물이 든 여행가방을 들고 돌아왔다. 너는 깨어나 있었다. 너를 위해, 나는 비밀번호를 맞춰 가방을 연 뒤에, 하나씩 모든 것을, 편지와 사진, 그리고 아버지가 죽은 나라의 풍경을 담고 있는 우편엽서들을 꺼냈다.

너는 큰 소리로 편지들을, 내가 아기였을 때 나를 안아준, 내가 엄마라고 불렀던 그 금빛 머리카락의 여인이 쓴 편지들을 읽었다. 너는 내가 알지 못하는, 음악처럼 아름다운 그 이상하고 노래하는 듯한 언어로 소리내어 읽었다. 떠오르는 햇살이 내 눈꺼풀을 달구었다. 나는 이야기를 들을 때처럼 팔을 베고서, 노래하는 듯한 말을 들으며 잠이 들었다.

모든 것이 지나갔다. 이제, 나의 삼촌은 죽었다. 그는 위대한 압둘라의 군대에 소속되어, 성스러운 도시를 지키기 위해 흙으로 만든 성벽 위에서 싸웠다. 그는 베둘 족 마을에 있는 자신의 시멘트 집 안에서, 그가 태어나고 나의 아버지와 나의 아버지의 아버지가 태어난 정령들의 도시 쪽으로 얼굴을 향하고서 죽었다. 그러나 이제 정령들은 더이상 그곳에 살지 않았고, 모래바람처럼 날마다 찾아드는 관광객과 구경꾼들이 그 자리를 차지했다. 패배한 병사들은 강가에서 체포되었고, 벼랑 꼭대기에서 눈이 타버릴 때까지 그 성스러운 도시를 바라보았다. 전쟁이 끝난 지금, 사람들에게는 무엇이 남았는가? 오직 정적만이. 바그다드 남쪽의 거대한 사막과도 같은 정적, 살아남은 자들의 심장을 압박하고 돌의 심장에 균열을 만드는 정적.

평생동안 나는 금빛 머리카락의 그 여인, 눈이 산 위에서 하얗게 빛나고 초원이 바다처럼 넓은 먼 나라로부터 아버지의 소식을 가져온 그 젊은 이방의 여인이 돌아오기를 기다릴 것이다. 동틀 무렵 무덤 안에서 그녀가 나를 위해 발음해주었다. 바젤, 베른, 프라이부르크, 빈터투어, 루체른, 솔뢰르, 시에르 같은 환상적인 이름을 가진 나라, 아르, 라인, 론처럼 부드러우면서도 강한 이름을 가진, 결코 흐름을 멈추지 않는 강들이 있는 나라. 아버지가 편지에서 말하던 나라, 풍요로움이 있고, 나무에 열린 과일들의 무게에 가지가 부러지고, 아이들의 눈이 아주 파란 그 나라. 어쩌면 어머니는 돌아올지 모른다. 나는 그녀의 이름이 사라라는 것밖에 알지 못한다. 그녀의 사진 두 장을 가지고 있을 뿐이다. 하나는 그녀의 여권에서 떼어낸 것으로, 사진 속의 그녀는 아주 젊고 학생처럼 안경을 쓰고 자신감이 넘치는 미소를 짓고 있다. 다른 하나는 알 바이다 거리에서 그녀가 나를 팔에 안고 있는, 약간 윤곽이 흐릿한 사진인데, 뒤쪽에 그녀가 나의 아버지와 함께 살던 커다란 갈색 양모 텐트가 보인다.

내가 꿈에서 깨어났을 때, 동굴 안은 추웠다. 아이샤 할머니는 미라처럼 웅크리고서 잠이 들어 있었다. 내가 몸을 흔들자, 그녀는 잠에서 반쯤 깨어났다.

"그 여자 어딨어요? 외국 여자아이 어디 있냐구요! 대답해요, 마녀 같은 할망구야, 그만 자요. 그녀가 나가는 걸 보지 못했어요?"

나는 숨이 턱에 차도록 정령들의 도시를 가로질러 달려갔다.

비가 모든 것을 씻고 쓸어버렸다. 새벽녘의, 누더기 같은 커다란 구름들이 골짜기 위를 맴돌고 있었다. 산 위에는 서쪽으로 흰색 반점 같은 구름이 떠 있었다.

정적과 고독으로 가슴이 찢어지는 듯했다. 나는 그녀의 이름조차 알지 못했다. 나는 내 어머니의 이름을 외쳤다. 사라! 마치 나의 외침이 산과 바다와 버려진 땅을 넘고, 세상 끝까지, 그녀가 있는 곳, 나의 아버지가 묻힌 곳까지 닿을 수 있을 것처럼. 전에 할머니도 그렇게 외치는 소리를 들었다고 했다. 나의 아버지가 산에서 커다란 나무들을 자르는 데 쓰는 톱에 치명적으로 상처를 입고 외친 그 큰 소리는 할머니를, 나의 아버지를 잉태하여 낳은 그녀를 소스라치게 했다. 그녀는 몸져누웠고, 얼마 후 저 세상으로 가고 말았다.


하루 종일 나는 시크를 오르내리면서 눈에 띄지 않는 자취를 찾아 골짜기 안을 돌아다녔다. 흙 위에서, 아이샤 할머니가 사는 무덤 안에서, 그녀가 머리를 불가에 두고 격렬한 비바람을 아랑곳하지 않고 잠을 잤던 그 자리에서, 나는 그녀의 체취를 맡았다.

이제 나는 그 이방의 소녀를 다시는 못 보리라는 것을 안다. 나는 세상의 다른 쪽 끝으로 가지 않을 것이다. 나는 여기에 남아서 정령들의 보배를 지켜야 한다. 그날 저녁, 나는 동굴로 돌아가 아이샤 할머니에게 차를 끓여달라고 말했다. 그녀는 이방의 소녀가 오기로 되어 있는 듯이 쟁반 위에 네 개의 찻잔을 놓고서, 거기에 쓴 음료를 부었다. 떠나면서 나는 보답을 하기 위해 내 모든 보물이 들어 있는 가방을 할머니에게 넘겨주었다. 나는 그녀가 사진과 편지와 우편엽서와 증명서들을 모두 불 속에 던져넣으리라는 것을 안다. 그렇게 하고 나면, 그녀의 얼굴과 무덤의 벽 위에 그을음이 조금 더 묻을 것이다. 이제는 더이상 자물쇠로 잠겨 있지 않은 그 가방 속에 아이샤 할머니는 자신의 보물을, 누더기 같은 천들, 바늘, 띠 모양의 리본, 검은 차상자, 그리고 아마 마리 비스킷도 넣을 것이다.

나는 느린 걸음으로, 북쪽의 베둘 족 마을을 향해 걸었다. 산에서는 이제 아무도 곧 죽을 말들을 풀어놓지 않는다. 사람들은 마지막 시간까지 말들을 이용하고서, 그들이 길 위에서 무릎을 꿇고 쓰러지면, 곧바로 도살장으로 보내버린다.

나는 돈이 없고 보물도 없는 사마웨인 가문의 마지막 후예다. 오늘, 나는 비로소 의혹과 망설임으로 점철된 유년기를 벗어났고, 다른 이들과 같은 길 위에서 나의 죽음을 향해 걸어간다.

# 옮긴이의 말

르 클레지오가 또 한 편의 소설을 발표하였다. 그로 인해 어쩌다 보니 짧은 기간 동안에, 내가 번역한 르 클레지오 소설의 목록에 또 한 편이 추가되었다. 근래 들어, 그는 거의 매년 한 편씩 장편소설을 세상에 내놓고 있는 것이다. 그런데 여기에는 완숙한 경지에 이른 작가가 자신의 문학세계를 완성하기 위하여 정력적으로 작품활동을 하고 있다고만 생각하기에는 어딘지 석연치 않은 구석이 있다. 그보다는, 이미 오래 전에 유럽을 떠나 지금도 남아메리카와 아프리카 등지에서 살아가면서, 그곳에서 보고 겪은 일들을, 달리 말하면 서구인의 시각으로 볼 때는 적잖이 놀랍고 흥미로운 사건들을 그다지 큰 야심 없이, 소설의 형식을 빌어 그때그때 담담히 기술해나가는 듯한 인상이 드는 것이다.

실제로 이제 말기(혹은 3기)로 분류될 수 있는 그의 작품들은 대부분 비슷한 배경에서 비슷한 주인공들을 통해 비슷한 주제를 되풀이하여 풀어나가고 있다고 해도 과언이 아니다. 그러다 보니 비슷한 스타일에 거의 클리셰에 가까운 표현들과 접하는 일이 빈번하게 일어난다. 더욱이, 문명과 자연, 혹은 서구와 제3세계라는 이항대립의 상황도 여전한데, 처음에는 의식적이고 의욕적으로 설정한 두 개의 반대항이 지금까지도 내내 거리를 유지하면서, 이를테면 소재주의적 차원에서 이야기의 진행에 관여하는 정도에 멈추고 있다고도 할 수 있는 것이다.

르 클레지오의 최근작들에는 의심과 우려의 시선을 던질 여지가 그 외에도 많이 있고, 이번 소설도 그로부터 완전히 자유롭지 못하다. 그 때문에, 나의 무능력함에도 불구하고 프랑스어에 대한 나의 소박한 사랑과 클레지오에 대한 관성적인 관심에 밀려 번역을 하면서, 간간이 회의에 빠지기도 했다. 이 글을 읽으면서 독자들도 느꼈는지 모르겠지만, 최근에 르 클레지오는 접속사를 가급적 쓰지 않고 '-했고, -했고, -했다' 식으로 서로 독립된 단문들을 쉼표를 사용하여 길게 늘어놓고 있다(나는 원문의 분위기를 지나치게 해치지 않는 한, 이런 문장들을 자연스러운 우리말 문법으로 고쳐서 옮겼다). 내가 생각하기에, 그렇게 접속사를 제거하고 문장들 사이의 논리적인 연결을 의식적으로 소홀히 하는 것(전후

나 좌우 사정을 살피기보다는 그저 유장하게 흘러흘러 가는 것, 그야 말로 서정적으로, 그런데 어찌 강이 그냥 흘러갈 수만 있겠는가)은, 무엇보다도 판단을 유보하는 것이므로 그 글 자체의 이념성을 지워버리려는 행위라고 할 수 있을 터이다. 실제로 그는 정치적으로 민감한 사안이기도 한 낙후된 제3세계의 삶의 조건에 대해 이야기하면서, 작가의 이념적 개입을 가능한 한 제어한 상태에서 근원적인 서정성의 세계로 들어간다. 그러나 안타깝게도 그 서정성이란 실체의 속성을 반영하지 못하고 있는 터라, 감상적이고 허무적인 색채를 띨 수밖에 없으며, 독자들의 감성을 어디로도 이끌어가지 못한다. 앞서 내가 그의 소설에서 서구인 취향의 소재주의적 특징을 경계했던 것도 이러한 이유에서이다.

그런데 이번에 나는 다소 색다른 독서 경험을 했다. 일단 번역을 마치고, 처음부터 다시 읽으며 문장을 바로잡던 중에, 나도 모르게 소설 속으로 깊이 빠져들곤 했던 것이다. 천천히 읽으며 우리말로 옮길 때는 충분히 느끼지 못했던 소설 속의 세계가 한 번에 쭉 통독을 하는 동안 원경과 세부가 동시에 눈에 들어오면서 르 클레지오 특유의 감성적 분위기가 발휘된 것이다. 그때 비로소 나는 작가가 그 어느 때보다도 치밀하고 섬세하게 작업을 했으며, 거기에 비해 나는 다분히 기계적이고 습관적으로 그의 글을 대했다는 것을 느꼈다.

물론 이 책에 실린 소설들도 전작들과 크게 다른 것은 아니었다. 그러나 비슷하지만 달랐다. 비슷하지만 달랐기에 더욱 깊어졌다고 할 수 있을 것이다. 제3세계 하층민들의 삶을 다룰 때도 이념성은 아니더라도 현장성이 훨씬 생생하고 직접적으로 전달되어, 작가의 따뜻하면서도 정확한 시선을 감지할 수 있었다. 또한 매순간 삶의 뉘앙스라는 아주 가는 물줄기들이 한데 모여 슬프고도 기쁜 감성의 운명적 흐름을 이루기도 하고, 개인과 세상이 부딪칠 때 때로 섬뜩한 진실과 더불어 무의식의 세계가 실체를 드러내기도 한다. 그런가 하면, 인간의 문명과 종교와 관습에 대한 접근을 좀더 넓고 깊은 시공간상의 차원에서 풀어나가는 한편, 그것을 이야기로 전개해나가는 새로운 방식에 대한 모색도 시도되고 있다. 이러한 특징들로 인해, 나는 기쁜 마음으로 번역을 마칠 수 있었고, 그의 다음 작품에 대한 기대감을 간직할 수 있었다.

 번역 대본으로는 갈리마르 출판사에서 간행된 *Coeur brûle*(2000)을 사용하였다.

2004년 2월

최수철

옮긴이 **최수철**
소설가. 서울대 불문과 및 동대학원을 졸업했다. 1981년 조선일보 신춘문예 소설 부문에 「맹점」이 당선된 후 창작집 『공중누각』 『화두, 기록, 화석』 『내 정신의 그믐』 『분신들』 『매미』, 장편소설 『벽화 그리는 남자』 『불멸과 소멸』을 출간했다. 윤동주문학상, 이상문학상을 수상했으며, 르 클레지오의 작품 『사랑의 대지』 『매혹』 『황금 물고기』 『우연』을 우리말로 옮겼다. 현재 한신대학교 문예창작과 교수로 재직중이다.


문학동네 세계문학
타오르는 마음

| | |
|---|---|
| 1판 1쇄 | 2004년 2월 28일 |
| 1판 2쇄 | 2008년 10월 17일 |

| | |
|---|---|
| 지은이 | 르 클레지오 |
| 옮긴이 | 최수철 |
| 펴낸이 | 강병선 |
| 책임편집 | 최정수 황혜진 |
| 펴낸곳 | (주)문학동네 |
| 출판등록 | 1993년 10월 22일 제406-2003-000045호 |

| | |
|---|---|
| 주소 | 413-756 경기도 파주시 교하읍 문발리 파주출판도시 513-8 |
| 전자우편 | editor@munhak.com |
| 전화번호 | 031)955-8888 |
| 팩스 | 031)955-8855 |

ISBN 89-8281-798-0 03860
**www.munhak.com**

# 2008 노벨문학상 수상 르 클레지오의 작품들

### 황금 물고기 최수철 옮김

**출간되자마자 프랑스에서 베스트셀러 1위에 올랐던 소설**

프랑스 문단의 살아 있는 신화, 르 클레지오가 빚어낸 한 소녀의 눈부신 성장기. 신성의 언어를 아름답게 흩뿌려놓는 작가라는 탄성을 자아낸 작품.

### 우연 최수철 옮김

**르 클레지오의 대가적 면모를 확인시켜주는 아름다운 소설**

삶의 본질적 순간을 향한 문학의 외경이며, 심연 속 침몰을 통해서만 추구할 수 있는 인간 내면의 황홀한 비경이다.

### 타오르는 마음 최수철 옮김

**때로 연약하고 때로 강렬한 생에 바치는 일곱 개의 송가**

생에 대한 원시적 열정을 지닌 사람들의 이야기가 사막과 대도시를 오가며 펼쳐진다.

"청춘, 고독, 유배…… 르 클레지오의 모든 것이 여기 있다."
_발뢰르 악튀엘

### 아프리카인 최애영 옮김

**르 클레지오 문학의 원형질을 맛볼 수 있는 '내밀한 고백'**

작가는 『아프리카인』에서 삶의 운명적인 한 단층을 직관과 몸의 뚜렷한 감각으로 발굴하고 복원해낸다. 그것은 아버지의 삶이자, 자기 유년의 기록이며, 어머니의 땅 아프리카에 대한 맑고 웅장한 서정의 오마주이다. _한국일보